Fantôme d'Orient

Pierre Loti

Fantôme d'Orient

Avertissement des Éditions Ligaran

L'ouvrage que vous détenez est la réédition d'un ouvrage ancien. Malgré tout le soin que nous avons apporté à sa réalisation, il se peut que vous y trouviez quelques défauts et anomalies : certaines coquilles peuvent subsister ; le texte a pu bénéficier d'un effort de modernisation du français afin d'en améliorer son intelligibilité ; les gravures et les images étant celles d'origine, la qualité de ces dernières n'est pas toujours optimale.
Parmi les livres publiés aux Éditions Ligaran, certains contenus peuvent heurter le public par le vocabulaire utilisé ou les idées exposées ; ceci doit se comprendre et s'inscrire dans le contexte de l'époque.

Les Éditions Ligaran déclinent toute responsabilité relative à d'éventuelles omissions, inexactitudes ou erreurs qui pourraient exister dans les contenus.

EAN : 9782335018066

71100 Chalon-sur-Saône

I

Septembre 188…

Minuit, après une fraîche soirée de fin septembre où déjà un peu d'automne s'annonce. Du silence partout. Dans ma maison familiale paisiblement endormie, je reste seul éveillé, l'esprit en grand trouble d'anxiété et d'attente. Depuis tantôt deux heures, je me suis retiré chez moi, disant que j'allais sagement me coucher, en prévision de mon départ matinal de demain. Mais le sommeil ne vient pas. Enfermé dans mon logis particulier, errant sans but d'une pièce dans une autre, je reste indéfiniment songeur, comme à la veille de mes grands départs de marin pour des campagnes longues et lointaines, et, en dedans de moi-même, je passe une lente revue sinistre de temps accomplis, de choses à jamais finies, de visages morts.

Cette fois pourtant, je ne pars que pour un mois et je ne vais pas plus loin que Constantinople, mais le voyage sera sombre…

Il faut bien qu'il se soit joué là-bas un acte inoubliable de cette féerie noire qui a été ma vie, pour que je m'inquiète ainsi de la pensée d'y retourner ; pour que tout ce qui en vient, un mot tartare qui me repasse en tête, une arme d'Orient, une étoffe turque, un parfum, aussitôt me plonge dans une rêverie d'exilé où réapparaît Stamboul ! Et ce n'est pas par simple fantaisie d'art non plus, qu'ici mon appartement est pareil à celui de quelque émir d'autrefois, ressemble à une demeure orientale qui, par sortilège, se serait incrustée au milieu de ma chère maison héréditaire, avec ses arceaux dentelés, ses broderies d'ors archaïques et ses chaux blanches. Un charme dont je ne me déprendrai jamais m'a été jeté par l'Islam, au temps où j'habitais la rive du Bosphore, et je subis de mille manières ce charme-là, même dans les choses, dans les dessins, dans les couleurs, jusque dans ces vieilles fleurs de rêve qui sont ici naïvement peintes sur les faïences de mes murs. Et surtout il m'attire, ce charme triste, il m'attire vers là-bas où je serai demain.

C'est donc vrai que je vais revoir Stamboul… C'est bien réel et prochain, ce pèlerinage auquel, depuis dix ans, je rêve…

Depuis dix ans que les hasards de mon métier de mer me promènent à tous les bouts du monde, jamais je n'ai pu revenir là, jamais ; on dirait qu'un sort, un châtiment sans merci m'en ait constamment éloigné. Jamais je n'ai pu tenir le solennel serment de retour qu'en partant j'avais fait à une petite fille circassienne, abîmée dans le suprême désespoir.

Et je ne sais plus rien d'elle, qui fut la bien-aimée à qui je croyais m'être donné jusqu'à l'âme, pour le temps et pour les au-delà infinis.

Mais, depuis que je l'ai quittée, constamment je suis poursuivi en sommeil par cette vision, toujours la même : mon navire fait à Stamboul une relâche inattendue, rapide, furtive ; ce Stamboul revu en songe est étrange, agrandi, déformé, sinistre ; en hâte, je descends à terre, avec la fièvre d'arriver jusqu'à elle, et mille choses m'en empêchent, et mon anxiété va croissant à mesure que passe l'heure ; puis tout de suite vient le moment de l'appareillage, et alors, de partir sans l'avoir revue et sans avoir seulement rien retrouvé de sa trace égarée, j'éprouve tant d'angoisse que je me réveille…

Pour le relire, pendant cette soirée d'attente, je vais chercher avec crainte un livre qu'autrefois j'ai publié, par besoin déjà de chanter mon mal, de le crier bien fort aux passants quelconques du chemin, et que, depuis le jour où il a paru, je n'ai plus jamais osé ouvrir. Pauvre petit livre, très gauchement composé, je pense, mais où j'avais mis toute mon âme d'alors, mon âme en déroute et prise des premiers vertiges mortels, ne pensant pas du reste que je continuerais d'écrire et qu'on saurait plus tard qui était l'auteur anonyme d'*Aziyadé*. (Aziyadé, un nom de femme turque inventé par moi pour remplacer le véritable qui était plus joli et plus doux, mais que je ne voulais pas dire.)

Avec recueillement, comme si je regardais dans une tombe en soulevant la dalle funéraire, je commence à tourner ces pages oubliées, étonnantes pour moi-même qui les ai jadis écrites.

Des enfantillages d'abord qui me font sourire. Un certain Loti de convention, auquel je m'imaginais ressembler. Et puis, çà et là, des bravades, des blasphèmes ; les uns banals et ressassés dont j'ai pitié ; les autres, si désespérés et si ardents, que c'étaient encore des prières. Oh ! le temps jeune, où je pouvais blasphémer et prier !…

Mais tout l'inexprimé qui dormait entre les lignes, entre les mots impuissants et sourds, s'éveille peu à peu, sort de la longue nuit où je l'avais laissé s'évanouir. Ils me réapparaissent, ces insondables *dessous* de ma vie, de mon amour d'alors, sans lesquels du reste il n'y aurait eu ni charme profond ni intime angoisse. De temps à autre, pour un souvenir, pour une souffrance que ce livre évoque, je sens cette sorte de secousse glacée, ou de frisson d'âme, qui vient des grands abîmes entrevus, des grands mystères effleurés. Mystères de préexistences, ou de je ne sais quoi d'autre ne pouvant même pas être vaguement formulé. Pourquoi l'impression, tout à coup retrouvée, d'un rayon de la lune de mai sur cette campagne pierreuse de Salonique où commença notre histoire, suffit-elle à me donner ce frisson-là. Ou bien la vision d'un soleil de soir d'hiver, entrant dans notre logis clandestin d'Eyoub ? Ou bien une phrase dite par elle, qui me revient, avec les intonations de la langue turque et le son de sa jeune voix grave ? Ou tout simplement encore l'ombre de tel grand mur désolé, jetant sur un coin de rue solitaire l'oppression d'une mosquée voisine ? Ces si petites choses, à peine saisissables, à peine existantes, à quoi donc sont-elles liées dans les tréfonds inconnus de l'âme humaine, à quoi d'antérieur vont-elles se rattacher, à quelles aventures mortes, à quelle poussière encore souffrante, pour faire ainsi frémir ? Et surtout pourquoi éprouve-t-on ces étranges chocs de rappel, uniquement lorsqu'il s'agit de pays, de lieux ou de temps, que l'amour a touchés avec sa baguette de délicieuse et mortelle magie ?

Beaucoup de feuillets que je tourne vite, sans même les parcourir : ceux où j'avais arrangé, changé les faits avec plus ou moins de maladresse, pour les besoins du livre ou pour mieux dérouter des recherches indiscrètes. Puis voici nos derniers jours d'Eyoub, avec le déchirement du départ, tandis que le printemps revenait une fois de plus sur le vieux Stamboul, semant par les rues tristes les fleurs blanches des amandiers. Et maintenant, la fin, tout ce passage imaginaire d'Azraël que j'avais ajouté, non pas seulement parce qu'il me semblait, avec mes idées d'alors sur les histoires écrites, qu'un dénouement était nécessaire, mais bien plutôt parce que j'avais ardemment rêvé, pour nous deux, de finir ainsi. Oh ! je me rappelle, je l'avais composé de mes larmes et de mon sang, ce dénouement-là, et, bien qu'il soit inventé, il a été si près d'être véritable, que je le relis ce soir, après tant d'années, avec un trouble que je n'attendais plus, un peu comme on relirait, outre tombe, la page suprême du journal de la vie.

Eh bien ! la vraie fin reste mystérieuse encore, et je tremble en songeant que je la connaîtrai bientôt, que je pars demain pour aller remuer là-bas toute cette cendre.

Quant à la vraie suite, tout simplement la voici :

Non, je ne sais plus rien d'elle. Je ne base sur rien cette conviction à la fois douce et infiniment désolée, que j'ai de sa mort. Peu à peu, notre histoire d'amour s'est arrêtée, mais sans solution précise ; notre histoire à deux s'est perdue, mais sans finir.

Les rares petites lettres qui, les premiers temps, malgré les farouches surveillances, à travers mille difficultés, m'arrivaient encore, ont cessé, depuis sept ans bientôt, de m'apporter leur plainte étouffée. Finies aussi, les lettres d'*Achmet*, et finies d'une façon inquiétante : devenues d'abord singulières, invraisemblables, avec des confusions de noms et de personnes que lui-même n'aurait jamais faites, avec une persistance à ne jamais me parler d'elle, – tellement que je n'ai plus osé questionner, ni même répondre, dans la crainte de pièges tendus, de mains étrangères interceptant nos secrets.

Et comment, à distance, déchiffrer cette énigme ; quel ami assez dévoué, assez habile et assez sûr charger de telles recherches, à Stamboul, derrière les grillages des harems… D'année en d'année, du reste, j'espérais revenir, – et au contraire les hasards de ma vie me conduisaient ailleurs, en Afrique, en Chine, toujours plus loin… Alors peu à peu une sorte d'apaisement de ces souvenirs se faisait en moi-même, sans que je fusse tout à fait coupable ; ils se décoloraient comme sous de la poussière, sous de la cendre de sépulcre.

Les nuits seulement, pendant les lucidités du rêve, je retrouvais, sous une forme continuellement la même, mes regrets inatténués ; toujours ces imaginaires retours dans un Stamboul aux dômes trop hauts et trop sombres profilés sur un grand ciel mort ; toujours ces courses anxieuses, arrêtées malgré moi par des inerties insurmontables et n'aboutissant pas ; et, pour finir, toujours ce réveil, à l'heure supposée de l'appareillage, avec l'angoisse et le remords d'avoir gaspillé les instants rares qui auraient dû me suffire pour arriver jusqu'à elle.

Oh ! l'étrange Stamboul, l'oppressante ville spectrale, que j'ai vue dans mes nuits ! Quelquefois elle restait lointaine, montrant seulement à l'horizon sa silhouette ; sur quelque plage déserte, je débarquais au crépuscule, apercevant, là-bas, les minarets et les dômes ; à travers des landes funèbres, semées de tombes, je prenais ma course, alourdie par le sommeil ; ou bien c'était dans des marécages, et les joncs, les iris, toutes les plantes de l'eau retardaient ma course, se nouaient autour de moi, m'enlaçaient d'entraves. Et l'heure passait, et je n'avançais pas.

D'autres fois, mon navire de rêve m'amenait jusqu'aux pieds de la ville sainte ; c'était dans les rues, alors, que j'endurais le supplice de ne pas arriver ; dans le dédale sombre et vide, je courais d'abord vers ce quartier haut de Méhmed-Fatih qu'habitait son vieux maître ; puis, en route, me rappelant tout à coup que je ne pouvais aller directement chez elle, j'hésitais, enfiévré, pendant que les minutes fuyaient, ne sachant plus quel parti prendre pour retrouver au moins quelqu'un de jadis connu qui me parlerait d'elle, qui saurait me dire si elle était vivante encore et ce qu'elle était devenue, – ou bien si elle était morte et dans quel cimetière on l'avait mise ; et mon temps se passait en indécisions, en rencontres de gens pareils à des spectres, qui me barraient le passage ; d'autres fois, je gaspillais à des bagatelles mes minutes précieuses, m'attardant, comme au cours de mes promenades de jadis, à des bazars d'armes, m'asseyant dans des cafés pour attendre des personnages que j'envoyais chercher et qui n'arrivaient pas ; ou encore je me perdais, avec une intime terreur, dans des quartiers inconnus et déserts, dans des rues de plus en plus étroites m'emprisonnant comme des pièges au milieu d'une nuit profonde ; – et, pour finir, arrivait tout à coup l'heure, l'heure inexorable de l'appareillage, avec l'excès d'inquiétude amenant le réveil. Dans ce rêve obsédant qui, depuis ces dix années, m'est revenu tant de fois, m'est revenu chaque semaine, jamais, jamais je n'ai revu, pas même défiguré ou mort, son jeune visage ; jamais je n'ai obtenu, même d'un fantôme, une indication, si confuse qu'elle fût, sur sa destinée…

Et maintenant le maléfice qui me tenait éloigné semble à la fin rompu ; en complète possession de mon activité d'esprit et de vie, je vais revoir en plein jour, en plein soleil, cette ville qui pour moi s'est peu à peu amalgamée à du sombre rêve au point de me paraître elle-même presque chimérique. À peine puis-je croire que rien ne m'entravera en chemin ; que j'arriverai au but ; que je marcherai dans ces rues sans être ralenti par des inerties de sommeil, que j'interrogerai des êtres vivants, et que peut-être je retrouverai la chère trace perdue.

Bien réellement je pars demain, et je pars d'une façon aussi banale et positive que pour un voyage quelconque ; mes malles sont en bas, prêtes à être enlevées dès le matin par la voiture qui m'emportera au chemin de fer. Empressé, comme toute ma vie, je traverserai l'Europe très vite, en trois jours, par le *rapide* de Paris à Bucarest. En route cependant, dans les Karpathes, je m'arrêterai une semaine, au palais d'une reine inconnue : une halte qui sans doute tiendra un peu du rêve et de l'enchantement, avant l'inquiétante étape finale. Et puis, de Varna, par la mer Noire, en vingt-quatre heures je gagnerai Constantinople.

Mes préparatifs de voyage étant par hasard terminés à l'avance, rien ne trouble la paix de cette veillée de départ, dans tout ce silence et ce sommeil d'alentour.

Maintenant, je rassemble ces menus objets plus précieux que j'emporterai sur moi, des lettres, des amulettes et certaine bague qu'elle m'avait donnée. Puis, avec recueillement, je vais ouvrir un tiroir mystérieux, caché sous de vieilles broderies orientales ; c'est le cercueil où dorment mille petites choses rapportées d'Eyoub, des feuillets sur lesquels des mots turcs sont gauchement tracés de son écriture enfantine, des morceaux coupés à l'étoffe de notre divan de Brousse, des fantômes de pauvres fleurs qui jadis poussèrent dans des jardins de Stamboul au printemps. Au plus profond de cette cachette, sous ces débris, je cherche une adresse en caractères arabes qui, le matin de mon départ, fut dictée par Achmet à l'écrivain public de la place d'Ieni-Djami : d'après lui, elle devait me servir de ressource suprême pour le retrouver si je ne revenais qu'après de longues années, ayant épuisé toutes les autres enveloppes à son propre nom, dictées l'avant-veille par Aziyadé, tous les moyens de correspondre avec eux.

La voici, cette adresse ; elle a cinq ou six lignes, elle n'en finit plus ; elle donne le nom et le gisement d'une vieille femme arménienne : « Anaktar-Chiraz, qui demeure au faubourg de Kassim-Pacha, dans une maison basse, sur la place d'Hadji-Ali ; à côté il y a un marchand de fruits, et en face il y a un vieux qui vend des tarbouchs. »

Achmet jugeait que cette femme ne quitterait certainement jamais sa maison, puisqu'elle en était propriétaire. Jadis elle l'avait recueilli et soigné pour je ne sais quelle maladie, pendant son enfance d'orphelin ; elle l'aimait beaucoup, disait-il, et saurait toujours où le prendre, eût-il même changé vingt fois de métier et de demeure. Pauvre petite adresse naïve, qui fut écrite, je me souviens, en plein air, au pied de la mosquée, sous les platanes, par un si clair soleil de printemps et de jeunesse, et qui a dormi près de dix années dans l'obscurité de ce tiroir, pendant que je courais le monde ! Elle a jauni, pâli, pris un air de document ancien concernant des personnes mortes. Elle me fait mal à revoir, si fanée. Il me paraît invraisemblable que je puisse la ramener à la grande lumière d'Orient, et que les mots écrits là me servent jamais à renouer un fil conducteur vers des êtres qui soient encore vivants et réels, qui ne soient pas des mythes de mon imagination, des spectres de mon souvenir. Cette vieille femme arménienne, ce marchand de fruits, ce marchand de tarbouchs, pauvres gens quelconques d'un faubourg perdu, et aussi ce petit quartier antique où je me rappelle vaguement être venu, une fois ou deux, m'asseoir au crépuscule avec Achmet sous des treilles centenaires, dans le jardinet triste d'un café turc, – qui sait ce que tout cela a pu devenir, qui sait ce que j'en retrouverai…

Dix années, c'est du reste un recul profond où toutes les images se noient dans une même brume. Aussi, au début, ma rêverie s'était-elle maintenue dans un sentiment d'anxiété encore assourdie, de mélancolie plutôt tranquille. Mais voici qu'un plus grand trouble me vient, à cette réflexion subite : pourtant il se peut qu'elle vive ! Depuis bien longtemps cette pensée-là ne s'était plus présentée à moi d'une manière aussi poignante. En effet, puisque je ne sais pas, puisque je ne suis sûr de rien, il n'est donc pas impossible que bientôt, dans si peu de jours que j'en frémis comme si ce devait être demain, je me retrouve en sa présence. Oh ! rencontrer de nouveau son regard, que je m'étais habitué à croire mort, son regard de douleur ou de sourire ; revoir, comme elle disait, ses « yeux face à face ! » oh ! l'angoisse, ou l'ivresse de ce moment-là !…

Et comment serait-elle alors, comment serait son visage de vingt-huit ans ? Dans toute sa beauté de femme, me réapparaîtrait-elle, la petite fille d'autrefois svelte, aux yeux vert de mer ? ou bien flétrie, qui sait, finie à jamais en tant que créature de chair et d'amour ? Peu importe du reste, même vieillie et mourante… je l'aime encore. Mais de toute façon l'instant de cet étrange revoir serait pour nous deux un peu terrible, et n'aurait pas de lendemain arrangeable, n'aurait aucune suite pouvant être envisagée sans effroi. Aziyadé et Loti, ceux d'autrefois du moins, sont bien morts ; ce qui peut rester d'eux-mêmes s'est transformé, leur ressemble à peine sans doute, de visage et d'âme ; comme l'affirme ce petit livre enfantin que je viens de refermer, tous deux sont morts.

C'est presque sacrilège de le dire : en ce moment, je crois que je préférerais être sûr de ne trouver là-bas qu'une tombe. Pour elle et pour moi, j'aimerais mieux qu'elle m'eût devancé dans la finale poussière qui ne pense ni ne souffre. Et alors j'irais tenir mon serment de retour devant quelqu'une de ces petites bornes funéraires, aux mystiques inscriptions confiantes, qui si paisiblement traversent l'indéfini des durées, dans les bois de cyprès…

Il fait lourd et il fait inquiétant dans mon logis, ce soir. Et tout y a pris l'air lugubre, avec ce seul flambeau qui laisse les fonds dans une obscurité confuse ; çà et là, des tranchants d'acier luisent, des lames courbes de yatagans, et, sur le rouge foncé des tentures murales, les broderies étranges semblent la figuration symbolique de mystères d'Orient, qui me seraient profondément incompréhensibles. Quels êtres inconnus, de quelle génération ayant précédé la nôtre, ont fixé dans ces dessins leurs rêves, leurs immuables rêves ? Ceux pour qui on a trempé ces armes et tissé ces ors, quelles chimères avaient-ils, quelles amours, quelles espérances ? Je les sens loin de moi comme jamais, ces croyants-là, qui à présent dorment en terre sainte, au pied des mosquées blanches. Tout ce décor de vieil Orient est ce soir pour me faire mieux sentir combien sont dissemblables jusqu'à l'âme les différentes races humaines, et tout ce qu'il y a d'insensé, d'impossible et de funeste à aller chercher de l'amour là-bas. Entre les deux égarés qui s'aiment, reste toujours la barrière des hérédités et des éducations foncièrement différentes, l'abîme des choses qui ne peuvent être comprises. Et il leur faut prévoir qu'ensuite, quand viendra leur fin, ils n'auront seulement pas, pour les bercer ensemble à la dernière heure, le commun souvenir, encore un peu doux, des mirages religieux de leur enfance ; ni la même terre, après, pour les réunir.

Il semble ainsi que le temps et la mort vous séparent davantage et qu'on s'en aille se dissoudre dans des néants opposés…

Les choses ici sont imprégnées d'odeurs turques comme dans un sérail, et c'est trop ; ce silence aussi est pesant, ajoute encore à la lourdeur parfumée de l'air, et j'ouvre en grand les fenêtres…

Le silence reste le même, augmenté plutôt, prolongé par tout le silence d'alentour. Entrent un phalène et les longs rayons de la lune. Entre aussi une fraîcheur, une fraîcheur exquise, venue des jardins, venue de la campagne et des grands marais, de par-delà les ormeaux des remparts. Je me sens réveillé par cet air frais, comme d'un songe très sombre, et je me penche à cette fenêtre pour respirer de la vie. Les choses familières du voisinage m'apparaissent alors, aux places de tout temps connues ; l'éclairage lunaire leur donne, cette nuit, je ne sais quoi d'immuablement tranquille, d'un peu irréel aussi ; mais elles sont bien les mêmes toujours, et j'ai vu toute ma vie ces vieux toits, ces pans de murs, ces trouées profondes des jardins, ces masses ombreuses des verdures, et on dirait que tout cela me chante en ce moment quelque petit hymne mélancolique de terre natale, me conseillant de ne pas partir. Tant d'autres, plus simples que moi, n'ont jamais quitté ce pays, ni seulement ce voisinage !… Peut-être, si j'avais fait comme eux…

Une senteur monte des jardins, senteur d'humidité, de mousse, de feuilles mortes, qui est particulière aux premiers soirs refroidis où des brumes légères se lèvent. Déjà l'automne ! Encore un été qui s'en va, qui aura passé quand je reviendrai de Stamboul. Mon Dieu, je vais, pour ce voyage, perdre nos derniers beaux jours d'ici, avec la plus belle floraison de nos roses sur nos murs, et je ne verrai plus, cette année, deux chères robes noires se promener dans notre cour, au dernier resplendissement de septembre. Et qui sait, avec tout l'imprévu de mon métier de mer, quand je retrouverai ces choses ? Me voici maintenant indécis, attristé et presque retenu, à cette veille de départ, par le regret de ce que j'abandonne.

Puis, brusquement, tout change, dès que je suis rentré dans le logis turc rouge sombre où luisent les armes ; tout s'oublie, dans l'impatience inquiète de Stamboul, à cause simplement d'une amulette que je suis allé prendre au fond d'un coffre et que j'ai rattachée à mon cou.

Depuis longtemps, je ne l'avais plus vue, cette amulette d'Orient ; elle se compose de je ne sais quels minuscules objets mystérieux enfermés dans un sachet ; le sachet, cousu assez gauchement par une petite main inhabile qui pourtant s'était appliquée beaucoup, est fait d'un morceau de drap d'or sur lequel une fleur rose est brochée ; et ce bout d'étoffe a été choisi, puis coupé, dans ce qui restait de plus frais de certaine petite veste qu'une enfant circassienne avait portée pendant deux étés de sa vie pour aller à l'école par des sentiers de hautes herbes, le long du Bosphore, au village de Kanlidja. Je pense qu'il est vieux comme le monde, cet enfantillage attristé qui consiste à échanger entre soi, si l'on s'aime, de pauvres petites choses datant des premières années de l'existence et à s'en faire comme des amulettes contre le mutuel oubli ; j'ai connu cela bien des fois, chez des êtres de races très différentes. Et cette uniformité des sentiments humains est, hélas ! pour me faire douter davantage de l'individualité propre des âmes : quand on y songe, on est tenté, tellement elles semblent pareilles, de ne les regarder que comme des émanations éphémères de ce même tout impersonnel qui est l'*espèce* indéfiniment renouvelée.

Donc, c'est ainsi chez nous tous : quand l'amour grandit et s'élève jusqu'à des aspirations vers d'éternelles durées, ou quand l'amitié devient assez profonde pour donner l'inquiétude de la fin, on en arrive à jeter les yeux en arrière, sur l'enfance de ceux qu'on aime. Le présent paraît insuffisant et court ; alors comme on sait que l'avenir *ne sera peut-être jamais*, on essaie de reprendre le passé, qui, lui au moins, *a été*. « À qui ressemblais-tu quand tu étais toute petite fille ? Dis-moi comment était ton visage, ton costume ? À quoi rêvais-tu quand tu étais tout petit garçon ? Comment étaient tes allures et tes jeux ? Et moi aussi, je tiens à te conter mes premières joies d'enfant et mes premiers chagrins ; même je veux te faire cadeau de telle petite chose qui vient de ce temps-là, et qui m'était très précieuse. » À Eyoub, dans le mystère plein de dangers de notre logis turc, enfermés tous deux et inquiets des moindres bruits qui traversaient le lourd silence du dehors, nous passions souvent nos soirées d'hiver à des causeries de ce genre. Et tant de fois dans ma vie – avant de l'avoir connue et après l'avoir presque oubliée – tant de fois j'ai fait de même, hélas ! avec d'autres, sous l'influence douce des amitiés ou sous le charme mortel des amours… Oh ! leurre pitoyable encore que tout cela !

Et cependant, mon Dieu, il a peut-être eu la plus belle part d'ivresse qu'un homme puisse attendre de la vie, et il devrait peut-être se contenter de mourir après, celui à qui une petite fille délicieuse a éprouvé le besoin de donner une amulette contre l'oubli, et l'a composée avec tant d'amour, en déchirant la plus sacrée de ses reliques d'enfance.

Ce talisman de drap d'or a d'ailleurs, ce soir, produit son effet magique, car voici qu'il a complété étrangement l'évocation commencée par la lecture du livre. Tout à coup, celle qui me l'avait donné est comme présente : je la vois, attachant l'amulette à mon cou, puis levant vers moi un regard où transparaissait toute sa petite âme simple et grave : son visage est sorti de la nuit avec son expression des derniers jours et l'interrogation suprême de ses yeux… Alors, ce qu'il y avait peut-être d'un peu factice tout à l'heure, d'un peu hésitant dans mon sentiment pour elle, s'en est allé en nuage, avec ce que je m'étais dit à moi-même de raisonnable et de froid, d'égoïste et d'atroce sur les probabilités de sa mort. Oh ! non, au lieu de cette tombe, que plutôt je la retrouve, elle, n'importe comment et n'importe à quel prix ; quand je devrais recommencer à souffrir après, j'aimerais mieux la revoir ; je ne l'espère pas, mais je sens que je le voudrais, au risque de tout. Oh ! la retrouver, même vieillie, même près de mourir, ombre encore un peu pensante qui seulement comprenne que je suis revenu et qui m'entende demander pardon ; ombre qui ait encore ses yeux, son expression d'yeux, et que je puisse aimer un instant avec le meilleur de mon âme et le plus tendre de ma pitié. Ou même, s'il le faut, que je la retrouve m'ayant oublié, jeune, belle toujours, et jouissant en paix de l'été de sa vie, des quelques années de soleil qui étaient son lot, à elle aussi bien qu'à toutes les autres créatures, et que je n'avais pas le droit de lui prendre.

Ces barrières dont je parlais, ces différences profondes des races et des religions, est-ce que cela existe, je ne sais plus ? Au-dessus de tout, passe l'amour, le charme d'un regard qui va du fond d'une âme au fond d'une autre âme. Et, en ce moment, si elle était près d'ici, j'irais la chercher par la main, et, sans hésitation, avec un sourire, je l'amènerais au milieu de tout ce que j'ai de plus cher et de plus respecté.

Toutes mes impressions changeantes de cette soirée se fondent à présent dans ce désir attendri de la revoir, dans cet élan – d'ailleurs presque sans espérance – vers elle.

II

Bucarest, octobre 188...

Environ quinze jours après, à l'autre bout de l'Europe, dans un grand palais de souverain où je suis arrivé la nuit et où je suis seul.

Ayant traversé très vite l'Allemagne et l'Autriche, j'ai fait halte d'une semaine chez l'exquise reine de ce pays-ci, dans son château d'été, au milieu des Karpathes.

Je l'ai quittée hier, et ici, à Bucarest, où je devais passer la nuit, l'hospitalité m'était préparée au palais royal, inhabité en ce moment.

Rien de désolé et de tristement solennel comme un palais vide. Sitôt que je suis seul dans mon appartement, une sorte de silence spécial m'enveloppe. De très loin, ce bruit de voitures, qui est encore plus incessant à Bucarest qu'à Paris, me vient comme un roulement assourdi d'orage ; je suis séparé de la rue vivante par de grandes places sans passants où veillent des factionnaires, et, dans le palais même, rien ne bouge.

Au château de la reine, je m'étais laissé malgré moi distraire et charmer par mille choses. Mais ici, c'est ma dernière étape avant Stamboul, qui n'est plus qu'à vingt-quatre heures de moi, et, jusqu'au matin, j'entends sonner contre les pavés, de plus en plus distinctement, comme en crescendo, le pas régulier des sentinelles qui gardent les portes.

Mardi, 5 octobre.

À quatre heures du matin, avant jour, je quitte le palais royal. Il fait très froid dans les rues de Bucarest. Un landau me mène bride abattue à la gare, au milieu d'un flot de voitures, qui roulent dans l'obscurité. Le ciel a des teintes glacées d'hiver. Le long de ces rues droites et nouvelles, qui ressemblent à celles d'une capitale quelconque d'Europe, je ne sais plus trop où je suis, ni où ces chevaux m'emportent si vite ; en tout cas, je ne me figure plus très nettement que je suis en route pour Stamboul et que j'y arriverai demain.

À cinq heures du matin, en chemin de fer, dans les lourds wagons à couchettes de l'Express-Orient.

Puis, vers huit heures, ce train s'arrête au bord du Danube, qu'il faut franchir en bateau. Très froid toujours, avec une brume légère aux horizons d'une plaine plate, infinie. Mais ici, il y a déjà des costumes d'Orient, nos bateliers sont coiffés du fez et, sur le fleuve, des barques, immobiles le long des berges, portent le pavillon turc, rouge à croissant blanc. Alors le sentiment me revient, plus poignant tout à coup, du but vers lequel je m'achemine, dans cette matinée fraîche d'octobre, à travers ces eaux et ces prairies.

Sur l'autre rive, nous montons dans un mauvais petit chemin de fer qui doit, dans sa journée, nous faire franchir la Bulgarie.

Elle est bien sombre et sauvage, par ce jour d'automne, cette Bulgarie en révolution, en guerre.

Un long arrêt, vers midi, à je ne sais quel village, au milieu d'une plaine déserte. Il y a là un campement de cavalerie. Les cavaliers sont en tenue de campagne, l'air déterminé et superbe, prêts à se battre demain. Leur musique s'aligne en rond pour nous jouer un air étrange, d'une rare tristesse orientale, quelque chose comme une marche guerrière, lente et obstinée, vers un but qui serait la mort... Et, en écoutant, je me sens près de pleurer... De plus en plus, cette approche de Stamboul donne pour moi une importance exagérée aux choses quelconques de la route, change leur aspect, me les fait voir comme à travers du crêpe.

À mesure que nous avançons vers la mer Noire, l'air se fait moins froid. Les stations – de pauvres villages, de loin en loin, perdus au milieu de régions désolées – commencent à avoir des noms tartares que je puis comprendre, traduire, et qui alors me charment comme si je rentrais dans une patrie : *Le petit marché, Le petit diable*, etc... Des costumes turcs, turbans, vestes de bure soutachées de noir, commencent à se montrer aux barrières, – et je prête l'oreille attentivement, pour écouter ces gens-là parler la langue aimée, dans cet âpre pays triste.

Enfin Varna paraît, et je salue les premiers minarets, les premières mosquées.

Il fait calme sur la mer Noire, quand nous montons dans la barque qui nous emmène au paquebot de Constantinople. L'air est devenu tiède, léger, et Varna, qui s'éloigne derrière nous, a ses minarets baignés dans la lumière d'or du couchant.

Une bruyante table d'hôte, sur ce paquebot encombré de touristes, – et alors, comme conséquence pour moi, l'oubli momentané, dans le brouhaha des voix, dans la banalité des choses qui se disent.

Mais après, quand je me promène seul, à travers la nuit grise, sur le pont de ce paquebot qui file vers le sud, qui file très vite, sans secousses, sans bruit, comme en glissant, – je me rappelle que je suis tout près du but et que j'y arriverai demain. Sur ce navire, je m'étonne, par habitude de métier, de n'avoir pas de quart à faire, d'être au milieu de matelots qui ne m'obéiraient point et à qui je suis inconnu ; rien ne me regarde, ni la manœuvre, ni la route, – et cela me semble un peu invraisemblable ; cela suffit, dans cette nuit vague, à jeter je ne sais quelle incertitude de rêve sur la réalité de ma présence à bord. Personne ne sait ici mon nom, encore moins ce que je vais faire là-bas et combien cette approche me trouble. Ce retour à Stamboul prend, à cette heure, je ne sais quel air clandestin, et funèbre aussi, dans le silence de plus en plus absolu du navire, qui s'endort tout en fuyant.

Instinctivement, mes yeux regardent et suivent deux ou trois petits feux très lointains, à peine perceptibles, qui semblent piqués au hasard sur l'immensité neutre, – dans le ciel ou dans la mer, on ne sait trop, – et qui sont des phares de la côte turque. La mer devient de plus en plus inerte, et notre allure, toujours plus glissante, dans la nuit confuse où l'horizon n'a pas de contours.

En songe, mes retours imaginaires se passaient ainsi ; très vite, je glissais dans l'obscurité vers Stamboul, et, ce soir, je finis par avoir presque l'impression de n'être plus qu'un fantôme de moi-même, en route nocturne vers le pays que j'ai aimé.

III

Jeudi, 6 octobre.

Au petit jour, un employé à voix étrangère vient avertir les passagers, dans leurs cabines, que l'entrée du Bosphore est proche. Je venais à peine de m'endormir, ayant passé la nuit à songer, et je me réveille en sursaut, avec une commotion au cœur, rien qu'à ce nom de Bosphore.

Sur le pont où il fait froid, un à un les passagers apparaissent, indifférents, eux, et simplement déçus de ce qu'on leur montre. En effet, l'entrée du Bosphore est plutôt maussade, là-bas, entre ces montagnes d'aspect quelconque, qui s'esquissent, encore confusément, en teintes sombres. C'est un lever de jour d'automne, gris et brumeux, sous un immobile ciel bas. On ne verra presque rien, avec ces bancs de brouillard qui traînent comme des voiles.

Bien fâcheux pour ces touristes : l'effet d'arrivée sera manqué. Quant à moi, qui n'aurai que deux jours et demi, rien que deux jours et demi pour ce pèlerinage, je fais cette réflexion que si le temps se met déjà à l'hiver, s'il pleut, comme c'est probable, tout sera plus triste, plus compliqué, et mes recherches plus difficiles…

Je n'avais pas vu hier au soir les passagers de troisième classe qui encombrent le pont : ce sont bien de vrais Turcs, ceux-ci, les hommes en cafetan, les femmes voilées. Et puis, tout à coup, comme nous approchons de la terre, il nous arrive une senteur pénétrante, spéciale, exquise à mes sens, – une senteur jadis si bien connue et depuis longtemps oubliée, la senteur de la terre turque, quelque chose qui vient des plantes ou des hommes, je ne sais, mais qui n'a pas changé et qui, en un instant, me ramène tout un monde d'impressions d'autrefois. Alors, brusquement, il se fait dans mon existence comme un trou de dix années, un effondrement de tout ce qui s'est passé depuis ce jour d'angoisse où j'ai quitté Stamboul, et je me retrouve complètement en Turquie avant même d'y avoir remis les pieds, comme si une certaine âme mienne, qui n'en serait jamais partie, venait de reprendre possession de mon corps irresponsable et errant…

Nous commençons à descendre le Bosphore, et la grande féerie des deux rives, lentement, se déroule. Je reconnais tout, les palais, les moindres villages, les moindres bouquets d'arbres ; mais je me sens si calme à présent que cela m'étonne, et que je ne me comprends plus ; on dirait que j'ai quitté depuis hier à peine le pays turc. Un peu anxieux seulement quand nous passons devant ces cimetières où il y a, tout au bord de l'eau, des tombes de femmes, sous les hauts cyprès géants aux troncs roses, aux feuillages noirs. Je les regarde beaucoup ces tombes ; pierres debout, toujours, surmontées d'une sorte de couronnement symétrique qui représente des fleurs. Il m'arrive même de me retourner tout à coup, avec une inquiétude vague, pour suivre des yeux, à mesure qu'elle s'éloigne, quelqu'une de celles qui sont bleues ou vertes avec inscriptions d'or ; je me suis toujours représenté que sa tombe à elle devait être ainsi. Qui sait pourtant quelles figures, sans doute très inconnues, se sont endormies là-dessous !

Déjà voici les kiosques impériaux et les grands harems ; puis la série des palais tout blancs aux quais de marbre. Et enfin, là-bas et là-haut, sortant tout à coup d'une brume qui se déchire, la silhouette incomparable de Stamboul.

Oh ! Stamboul est là ! bien réel, très vite rapproché maintenant, sous un éclairage net et banal, ramené à son apparence la plus ordinaire, que dix ans de rêve m'avaient un peu changée, mais presque aussi beau pourtant que dans mon souvenir. Et je m'étonne d'être de plus en plus tranquille d'âme, causant même avec les compagnons de route que le hasard m'a donnés, et leur nommant comme un guide les palais et les mosquées.

Le mouillage est bruyant, au milieu du fouillis des paquebots, des voiliers, portant tous les pavillons d'Europe. Et aussitôt commence l'invasion furieuse des bateliers, des douaniers et des portefaix ; cent caïques nous prennent à l'assaut, et tous ces gens, qui montent à bord comme une marée, parlent et crient dans toutes les langues du Levant. Oh ! je connais si bien cela, ce brouhaha des arrivées, ces voix, ces intonations, ces visages ; et cet amas de navires autour de nous, et ces fumées noires – au-dessus desquelles montent, là-bas dans le ciel clair, les dômes des saintes mosquées ! Je me mêle moi-même à tout ce bruit ; d'ailleurs, les mots turcs, même les plus oubliés, me reviennent tous ensemble. Avec des bateliers pour mon passage, avec des portefaix pour mes malles, je discute des questions qui me sont absolument indifférentes, par besoin de m'agiter et de parler aussi. Jusque dans la barque, où je suis enfin installé avec mes valises, je continue je ne sais quel étonnant marchandage, – et ainsi presque sans émotion, – à part un tremblement peut-être quand mon pied s'y pose – je me trouve à terre, sur le quai de Constantinople.

Après plus d'une heure perdue en formalités de douane, de passeport, de je ne sais quoi, sur ces quais, dans ce quartier bas de Galata rempli toujours du même grouillement étrange et de la même clameur, me voici cependant monté à Péra, installé à l'hôtel comme il faut du lieu, que les touristes encombrent. Bientôt dix heures, quel gaspillage de temps, quand mes moindres minutes devraient être comptées !

Et puis il faut déjeuner, ouvrir ses malles, faire sa toilette… Et le temps continue de fuir.

La chambre où je m'habille est quelconque, haut perchée, dominant de ses fenêtres un ensemble de maisons européennes très banales ; mais, au-dessus de ces toits, il y a deux ou trois petites échappées merveilleuses, sur Stamboul ou sur Scutari d'Asie : des dômes, des minarets, des cyprès, qui apparaissent comme suspendus dans l'air. Et ces choses, à peine entrevues, suffisent à me donner, avec un trouble délicieux et un besoin de hâte un peu fébrile, la conscience de ce voisinage. Mon Dieu, qui sait ce que j'aurai appris ce soir ! Peut-être rien, hélas ! En deux jours, rechercher dans le grand Stamboul mystérieux la trace, égarée depuis sept ou huit ans, d'une femme de harem, quel insensé je suis ! Je ne réussirai jamais, je ne trouverai pas.

Mon plan, longuement réfléchi, est de rechercher d'abord cette vieille femme arménienne du faubourg de Kassim-Pacha, indiquée par Achmet comme ressource suprême et dont j'ai retrouvé l'adresse compliquée, la nuit de mon départ. Si elle est vivante, peut-être me donnera-t-elle la clef de tout ; ce serait le moyen le plus simple et le plus rapide.

Maintenant j'attends un interprète, qu'on m'a promis de m'amener, car j'aurai besoin pour mon enquête de quelqu'un sachant bien lire le turc, que je sais parler seulement. Il va venir, il va venir, me dit-on avec un calme exaspérant. Et le temps passe toujours, et il n'arrive pas.

Alors je me décide à redescendre à Galata en chercher un autre qu'on m'a indiqué.

Il n'est pas chez lui, celui-là…

Je reviens à l'hôtel en courant. Déjà plus de midi et demi ! Mon Dieu, que de temps perdu, quand je n'ai que deux jours ! c'est comme dans mes rêves : tout m'arrête !…

Enfin voici un interprète qu'on m'amène. Un horrible vieux Grec, rusé, fureteur, qui s'offre de me suivre tout aujourd'hui et tout demain. Comme épreuve, je lui présente cette adresse de vieille femme, qu'il lit couramment ; il sait très bien où est cette place de Hadji-Ali qu'elle habite, et va m'y conduire en hâte puisque l'heure me presse.

Nous irons plus vite à pied, dit-il, nous gagnerons du temps, par des raccourcis qu'il connaît, par des rues où ni voitures ni chevaux ne sauraient passer. Et enfin nous voici dehors, en route. Les nuages de ce matin ont disparu du ciel. Dieu merci, il fera presque une journée d'été, lumineuse et chaude ; tout sera moins sinistre. Je tiens à la main l'adresse de la vieille Anaktar-Chiraz, le précieux petit grimoire conducteur sur lequel tout mon plan repose, et qui revoit, après dix années, son soleil d'Orient. Je marche d'un pas rapide, avec la fièvre d'arriver, avec l'impression physique d'être devenu léger, léger, de glisser pour ainsi dire sans toucher le sol ; cela contraste avec ces inerties de sommeil, qui, pendant tant d'années, me retardaient si lourdement en rêve ; dans ma tête il me semble entendre bruire le sang, qui circulerait plus vite que de coutume ; je voudrais courir, sans ce vieux qui me suit et que je traîne comme une entrave.

Où me fait-il passer ? Pourvu qu'il ait compris. Voici des quartiers neufs où je ne reconnais rien. Tout est changé : on a bâti effroyablement par ici depuis mon départ, – et ces transformations si grandes des lieux sont pour me donner, plus pénible, le sentiment que mon histoire d'amour et de jeunesse est bien enfouie dans le passé, dans la poussière, que j'en chercherai en vain la trace ensevelie…

Ah ! de vieux quartiers turcs maintenant, – des petites ruelles tortueuses, où je commence à me retrouver un peu chez moi… Nous venons de descendre dans un bas-fond qui m'était même assez familier jadis… et, derrière ce tournant, là-bas, il doit y avoir un antique couvent de derviches hurleurs, lugubre avec les catafalques qu'on apercevait à travers ses fenêtres grillées, effrayant quand on passait le soir… Oui, il est là encore ; sans ralentir mon pas, je jette un coup d'œil entre les barreaux de fer des fenêtres : toujours les mêmes vieux cercueils, couverts des mêmes vieux châles et coiffés des mêmes vieux turbans, le tout à peine plus mangé qu'autrefois par la moisissure et les vers. C'est étrange que ces choses de la mort, parce qu'elles sont demeurées telles quelles, ravivent en moi précisément des souvenirs de printemps et d'amour.

De plus en plus je me reconnais. Nous devons même approcher beaucoup, être tout près maintenant du quartier d'Anaktar-Chiraz – car je revois certaine petite mosquée dont le dôme, déjeté de vieillesse, monte tout blanc de chaux, entre des cyprès noirs – et même je revois le café, le café aux treilles centenaires où Achmet m'avait présenté un soir à cette vieille femme. Je touche donc à la première étape de mon pèlerinage, et un peu de confiance me revient, un peu d'espérance d'arriver au but.

Comme je sais les méfiances qu'un étranger inspire, je vais m'asseoir à l'écart, dans le jardinet triste de ce petit café, là, sous les treilles jaunies, contre le mur antique, à la même place qu'autrefois ; je demanderai un narguilé, comme quelqu'un du pays, et lui, le vieux Grec, ira de droite et de gauche aux informations.

Il revient découragé : j'ai dû faire quelque erreur, me dit-il, ou mon papier est faux ; dans le voisinage, personne ne connaît ça…

Mais je suis bien sûr, moi, pourtant, que c'était ici tout près ! Puisqu'elle sortait de chez elle, cette femme, quand un soir Achmet l'avait appelée, pour me faire faire sa connaissance et la prier de recevoir pour lui les lettres que j'écrirais de mon « pays franc »… Si elle est morte, il est impossible que quelqu'un au moins ne s'en souvienne pas. Allons, qu'il retourne interroger les anciens du quartier ; qu'il insiste, malgré les mines sombres et fermées, et je doublerai la récompense promise.

Un quart d'heure d'impatiente attente. Il reparaît, agitant d'un air de triomphe un bout de papier crayonné. Un vieux juif, qui la connaît très bien, a écrit là-dessus, pour de l'argent, sa nouvelle adresse. Elle n'est pas morte, mais elle a déménagé depuis trois ans, pour aller habiter très loin d'ici, à Pri-Pacha, dans l'extrême banlieue, près des grands cimetières israélites.

Que de temps il faudra, hélas, pour s'y rendre ! Et, cependant, j'ai une trace, une piste à peu près sûre, à laquelle j'aime mieux m'attacher que d'essayer autre chose de plus dangereux, de plus incertain. Vite, qu'on aille n'importe où chercher deux chevaux sellés, et partons.

Oh ! ce trajet à cheval, jusqu'à Pri-Pacha, où trouver des mots pour en exprimer la mélancolie, par cette tranquille journée lumineuse d'automne, sous ce soleil encore chaud, qui a déjà pris son éclat mourant des fins d'été…

Nous cheminons parallèlement au golfe de la Corne-d'Or, mais sur la rive opposée à Stamboul, et un peu loin de la mer, dans la morne campagne, contournant les faubourgs bâtis au bord de l'eau.

Comme par fait exprès, il nous faut repasser par tous ces lieux jadis si familiers que je traversais, les matins d'hiver, du temps où j'habitais Eyoub – les matins sombres et glacés de février ou de mars – pour m'en retourner à bord de mon navire après les nuits délicieuses. Ce sont les lieux aussi que j'ai le plus souvent revus, depuis dix ans, dans mes visions des nuits ; dans le rêve de ce jour, ils sont plus éclairés, mais ils ne me semblent pas beaucoup plus réels.

Nous allons en hâte, mettant nos chevaux au trot chaque fois que c'est possible. Tantôt nous descendons dans des fondrières, tantôt nous montons sur des hauteurs, toujours un peu désolées, au sol aride, d'où nous apercevons là-bas l'autre rive, le grand décor de Stamboul entièrement doré de lumière.

En plus de ma tristesse à moi, qui me montre aujourd'hui les choses vivantes sous leurs aspects de mort, quelle autre tristesse demeure donc éternellement là, et plane sur ces abords de Constantinople… J'avais essayé de l'exprimer, dans un de mes premiers livres, mais je n'avais pu y parvenir, et aujourd'hui, à chaque pierre, à chaque tombe que je reconnais sur ma route, me reviennent les impressions indicibles d'autrefois, avec ce tourment intérieur, qui aura été un des plus continuels de ma vie, de me trouver impuissant à peindre et à fixer avec des mots ce que je vois et ce que je sens, ce que je souffre…

Partout, sur la terre, sur les roches et sur l'herbe rase, une teinte uniforme d'un gris roux, qui est comme la patine du temps ; on dirait qu'une cendre recouvre ce pays, sur lequel trop de races d'hommes ont passé, trop de civilisations, trop d'épuisantes splendeurs. Et, de loin en loin, au milieu de ces espèces de landes de l'abandon, quelque minaret blanc entouré de cyprès noirs.

Un ravin plus profond se présente à nous, où il faut descendre ; il est d'apparence aussi âpre et sauvage que si nous étions à cent lieues d'une ville. Tout au bas, sous des platanes, est une fontaine antique, où jadis je rencontrais presque chaque matin la même jeune femme turque, qui semblait très belle sous ses voiles. C'était avant le soleil levé que je passais là, à l'aube d'hiver, et aux mêmes heures elle venait seule remplir à cette fontaine sa cruche de cuivre. Nous croisant dans le chemin creux, embrumé de vapeur matinale, nous échangions un regard de connaissance ; après quoi, ses yeux, qui étaient seuls visibles dans son visage voilé, se détournaient avec un demi-sourire. Je n'avais plus pensé à elle depuis dix ans, et je la revois, à présent, comme dans un clair miroir, et je retrouve toutes mes impressions tristes de ces levers de jour, de ces courses dans ces chemins encore déserts, le visage fouetté par l'air sec et glacé ou par le brouillard gris. Et, comme j'avais l'âme inquiétée, en ce temps-là, me demandant chaque matin si, avec tant de dangers autour de nous, l'obscurité prochaine me réunirait encore à celle que je venais de laisser, ou bien si, avant le soir, Azraël ne passerait pas pour tout anéantir…

À Pri-Pacha, où nous avons fini par arriver, nous trouvons, après avoir interrogé les passants de la rue, la maisonnette de cette vieille Arménienne de qui dépend tout le résultat de mon pèlerinage, – et je suis anxieux en frappant à la porte. Deux fois, trois fois, le frappoir antique résonne très fort, jusqu'à faire trembler les planches vermoulues ; personne ne vient ouvrir, et d'ailleurs les fenêtres sont closes. Mais un juif caduc, centenaire pour le moins, sort avec effarement d'une maison voisine, emmitouflé d'un cafetan vert :

– La vieille Anaktar-Chiraz ? nous répond-il d'un air soupçonneux, qu'est-ce donc que nous lui voulons ?

Il se rassure à notre mine : « Oui, c'est bien ici, en effet ; mais elle n'y est pas ; elle est partie hier pour aller s'établir auprès d'une de ses parentes qui est bien malade, là-bas, à Kassim-Pacha d'où nous arrivons, tout à côté de son ancienne demeure. »

Oh ! alors il me prend une vraie fièvre ! Que faire ? Le temps passe, il doit être tard. Je ne sais même pas l'heure, ayant, dans ma précipitation, oublié ma montre à l'hôtel ; mais il me paraît que déjà le soleil baisse. Une fois la nuit venue, il n'y a plus rien à tenter à Stamboul, – et je n'ai plus qu'une journée après celle-ci qui va finir. – Il semble en vérité que j'aie eu, en sommeil, le pressentiment complet de ce que serait ce voyage ; tout va tellement comme dans mon rêve : ces entraves accumulées, cette inquiétude de l'heure trop courte, cette angoisse *de n'avoir pas le temps d'arriver jusqu'au but.*

Quel parti prendre à présent ? Je ne sais plus trop et ma tête se perd un peu. Allons-nous retourner sur nos pas, jusqu'à ce Kassim-Pacha d'où nous venons, avec ces mauvais chevaux de louage qui ne veulent plus marcher ?… Non, Eyoub où j'habitais, et qui m'attire comme un aimant, est là trop près de nous, juste en face, de l'autre côté de la Corne-d'Or – qui se rétrécit dans ces parages et sera si vite traversée. D'ailleurs, je me sens tellement redevenu un habitant de ce saint faubourg ; les dix années, qui me séparent du temps où j'y vivais, viennent de si complètement s'évanouir, que j'ai presque l'illusion de rentrer là chez moi, au milieu de figures familières, et que, sans peine, je m'imaginerais y retrouver ma maison telle que je l'ai quittée, avec les chers hôtes d'autrefois. Au moins, j'entrerai m'asseoir dans le petit café antique où nous passions, Achmet et moi, les veillées d'hiver, en compagnie des derviches conteurs de féeriques histoires ; il n'est pas possible que, dans ce quartier-là, quelqu'un ne me reconnaisse pas, ne me prenne pas en pitié et ne consente à me guider dans mes recherches – qui, sans doute, ne peuvent plus faire ombrage à personne.

Donc, nous renvoyons nos chevaux ; nous descendons vers la berge pour prendre un caïque, choisissant un rameur jeune afin d'aller vite, – et bientôt nous voici glissant, très légers, à grands coups d'aviron, sur l'eau tranquille.

Je commence à regarder de mes pleins yeux là-bas en face, fouillant de loin cette autre rive où nous allons aborder.

Quoi, est-ce que je ne m'y reconnais plus ? C'était bien là pourtant, j'en suis très sûr.

Oh ! mon Dieu, on a tout changé, hélas ! Ma maison, très vieille, et les deux ou trois qui l'entouraient n'existent plus. Je n'avais pas prévu cette destruction et je sens mon cœur se serrer davantage. Ce cadre qui avait entouré ma vie turque est à jamais détruit – et cela recule tout dans un lointain plus effacé.

Je mets pied à terre, cherchant à m'orienter, à reconnaître au moins quelque chose. Le petit café des derviches conteurs d'histoires, où donc est-il ? À la place, il y a un grand mur blanc que je ne connaissais pas, un corps de garde tout neuf, avec des soldats en faction. Et toutes les maisons alentour sont fermées, muettes, inabordables surtout. Allons, je suis un étranger ici maintenant ; j'ai été fou de venir y perdre mes instants comptés, quand j'aurais dû au contraire revenir sur mes pas, suivre la seule piste un peu sûre, rechercher à tout prix cette vieille femme.

Pourtant, cela faisait partie de mon pèlerinage aussi, de revoir Eyoub, et j'en étais si près !

Oh ! et la mosquée sainte, et l'allée des saints tombeaux ! Je suis à deux pas à présent de ces choses mystérieuses et rares, autrefois si familières, dans mon voisinage ; je ne reviendrai peut-être jamais ici, – aurai-je le courage de quitter Eyoub sans aller les revoir ? Du reste, en courant, ce sera une perte de cinq ou dix minutes à peine, – et je dis à mon batelier : « Va, aborde un peu plus loin, au quai de marbre là-bas, à l'entrée du saint cimetière. »

Laissant le vieux Grec dans le caïque avec le rameur, je redescends à terre, seul, saisi tout à coup par le silence glacé de ce lieu, par sa sonorité funèbre, que j'avais oubliée, et qui change le bruit de mon pas. Dans l'allée d'éternelle paix, sur les dalles de marbre verdies à l'ombre, où l'on voudrait marcher lentement, la tête basse, il faut passer aujourd'hui avec cette précipitation enfiévrée qui donne à toutes les choses, revues ainsi, je ne sais quel air d'inexistence. Je cours, je cours, dans cette allée, entre les deux alignements de kiosques funéraires et de tombes, au milieu de toutes les silencieuses blancheurs des marbres. De droite et de gauche, bordant la voie étroite, sont de vieilles murailles blanches, percées d'une série d'ogives, par où la vue plonge dans les dessous ombreux d'une sorte de bocage rempli de sépultures. Rien de changé, naturellement, dans tout cela qui est sacré et immuable ; ce lieu unique, si étrangement mêlé à mes souvenirs d'amour, était le même bien des années avant notre existence et sera ainsi longtemps encore après que nous aurons tous deux passé.

Au bout de l'avenue, dans une ombre plus épaisse, sous une voûte obscure de platanes, je m'arrête devant la petite porte de l'impénétrable mosquée sainte. Il y a toujours là les mêmes vieilles mendiantes, au visage voilé, assises, accroupies, immobiles sur des pierres. L'une d'elles, réveillée de son rêve par le bruit de mon pas, s'inquiète de me voir accourir, se demande si j'aurai par hasard l'impudence de franchir ce seuil : « *Yasak ! Yasak !* » (Défendu ! Défendu !) dit-elle, d'une voix irritée, en étendant une main de morte comme pour me barrer le passage. Et je lui réponds tranquillement, dans cette langue turque que je reparle déjà avec la facilité d'autrefois : « Je le sais, ma bonne mère, que c'est défendu ; je veux seulement jeter un coup d'œil à l'entrée et puis je m'en irai. » Ce disant, je lui remets une aumône ; alors, d'une voix calmée, elle rassure les autres qui s'inquiétaient aussi : Il sait, il sait ; il est du pays ; il vient regarder, seulement. Et en effet, je regarde à la hâte, à la dérobée ; tant de fois jadis, quand j'habitais Eyoub, j'étais venu jusqu'à ce seuil, dont je reconnais encore les moindres pierres, dans la demi-nuit qui tombe des grands arbres. Du lieu d'ombre où je suis, au milieu de ces pauvresses voilées aux immobilités de fantômes, il semble qu'une clarté un peu merveilleuse rayonne là-bas, dans cette cour de mosquée, sur les blancheurs séculaires de la chaux et des faïences…

Tout de suite, après ce regard jeté, je repars en courant dans la sainte allée, repris par l'inquiétude de l'heure qui fuit, de la lumière qui me paraît plus dorée, par la frayeur du soleil couchant et du soir.

C'est à Kassim-Pacha, naturellement, à la recherche de cette vieille femme, que je vais retourner coûte que coûte. Et j'irai par mer cette fois ; d'ici, ce sera le plus rapide.

Quand je suis de nouveau étendu dans mon caïque, je dis au rameur : « Va vite, vite, pour une bonne récompense que je te donnerai ! » Il répond par un sourire à dents blanches et se met à ramer de toute la force de ses bras. Le courant nous aide et nous descendons lestement la Corne-d'Or, nous éloignant du sombre Eyoub.

Mais nous allons passer devant le faubourg d'Hadjikeuï. Si je m'y arrêtais ! Le quartier n'est pas farouche comme celui d'où je viens, et, qui sait, quelqu'un m'y reconnaîtra peut-être, quelqu'un de ces juifs que j'employais à mon service, le grand Salomon ou même le vieux Kaïroullah, n'importe qui, pourvu qu'on me renseigne. En passant, je vais tenter ce moyen… Et puis cela me permettra de revoir ma maison, la première de mes maisons turques, car j'ai habité là aussi, avant de pouvoir réaliser le rêve presque impossible de me fixer à Eyoub.

Dans ce livre de jeunesse où j'ai conté ma vie orientale, j'ai passé sous silence notre étape à Hadjikeuï, pour abréger, et aussi pour obéir à une sorte de sentiment de décorum qui m'amuse bien à présent : ce Hadjikeuï est un faubourg pauvre, assez mal considéré à Constantinople.

Là pourtant j'étais venu m'installer d'abord, en quittant mon logis européen de Péra ; là, j'avais reçu Aziyadé pour la première fois, à son retour de Salonique. Nous y étions restés près de deux mois, bien cachés, avant de réussir à trouver une maison sur l'autre rive, dans le faubourg des saints tombeaux, et nous avions ensuite conservé, à toute éventualité, ce premier gîte plus sûr, où, par fantaisie, nous revenions de temps à autre.

À la longue, comme tout se transforme dans la mémoire, tout s'oublie ! Voici que je ne reconnais même plus l'*Échelle* de notre rue, c'est-à-dire l'appontement de vieilles planches qui nous était si familier, jadis, et où nous débarquions avec une telle sûreté d'habitude, dans le mystère protecteur des nuits bien noires.

Par impatience, je mets pied à terre ailleurs, à l'entrée d'une ruelle israélite que je me rappelle vaguement, très vaguement. Et, suivi toujours de ce même vieux Grec, je recommence à marcher vite, à courir, talonné sans trêve par l'inquiétude de l'heure.

À un tournant, nous tombons sur une rue où se tient un marché juif : cris de vendeurs et d'acheteurs, foule affairée, encombrement de mannequins, de fruits et de légumes, petits fourneaux où l'on rôtit des viandes en plein vent, petits étalages de changeurs et d'usuriers... Là, je me reconnais tout à fait, par exemple, et le cœur me bat plus fort, car ma maison doit être bien près.

J'avais du reste gardé de ce marché un souvenir très singulier, unique même entre tous. Habitant d'Hadjikeuï ou habitant d'Eyoub, j'y venais chaque soir avec Achmet pour changer, pour emprunter de l'argent à ces juifs, ou bien encore pour leur acheter les pains et les gâteaux destinés au dîner mystérieux d'Aziyadé. C'est que Constantinople est la seule ville du monde où j'aie été vraiment mêlé à la vie du peuple, – à la vie de ce peuple oriental, bruyant, coloré, pittoresque, mais besoigneux, pauvre, actif à mille petits métiers, à mille petits brocantages. Mon compagnon de chaque jour, Achmet, était lui-même un enfant de ce peuple-là, au courant des moindres rouages de la vie laborieuse, habitué à se tirer d'affaire avec presque rien, et m'enseignant sa manière, me rendant homme du peuple comme lui à certaines heures. Il est vrai, j'étais pauvre, moi aussi, à cette époque, et bien en peine quelquefois pour soutenir mon rôle d'Hassan...

Ce marché, que je traverse aujourd'hui d'un pas dégagé et rapide, sentant peser la ceinture de cuir où j'ai fait coudre – un peu à la façon des matelots – ma réserve de pièces d'or, oh ! ce marché, tout ce qu'il me rappelle de misères, gaiement endurées à cause d'elle, de marchandages timides, de demandes de crédit pour des sommes qui à présent me font sourire... Et, sous le costume turc, ces choses me semblaient acceptables, m'amusaient presque, en me donnant davantage l'impression d'être sorti de moi-même et devenu quelqu'un des simples qui m'entouraient. Il y avait tant d'enfantillage encore dans ma vie de ce temps-là !

Après cette rue du marché, une place tranquille au bord de la mer, une place silencieuse bordée de berceaux de vigne et ornée en son milieu d'une vieille fontaine de marbre. Et ma maison est là, qui tout à coup me réapparaît, bien réelle, au beau soleil du soir... J'ai enfin retrouvé une chose d'autrefois, une chose qui a fait partie de mon cher passé et qui existe encore...

Avec je ne sais quelle crainte de m'en approcher, avec un étrange trouble d'âme, je vais lentement m'asseoir en face, en plein air, devant un petit café, sous des treilles que l'automne a jaunies, et je la regarde. (Comme ce nom de *café* sonne mal pour dire ces échoppes orientales où l'on fume le narguilé.) Je la regarde, ma maisonnette d'autrefois, un peu comme je regarderais une chose de rêve qui oserait se montrer en plein jour. Elle me semble rapetissée et d'aspect misérable ; cependant, c'est bien cela, et rien que ces marbrures de vieillesse, sur la muraille, ramènent dans ma tête mille souvenirs.

Cette place n'a pas changé non plus ; pas une pierre n'a été dérangée depuis que j'y habitais. Est-ce possible, mon Dieu, que tout y soit demeuré si pareil, que le soleil l'éclaire si gaiement, que je m'y retrouve, moi, encore jeune, et que, depuis des années, je ne sache plus rien d'*elle*, même pas si elle est vivante ou si elle s'est endormie dans la terre…

C'est mon premier instant de repos et de rêverie, depuis que j'ai commencé ma longue course errante. Ce soleil d'octobre, qui d'abord me semblait joyeux, sur cette place solitaire, subitement me devient triste, triste plus que la brume ou la nuit. Il ne me charme ni ne me trompe plus ; je n'ai conscience à présent que de son impassibilité devant les continuels anéantissements, les continuelles fins. Je sens de la mort, de la mélancolie de mort, dans sa lumière douce ; ses rayons sont pleins de mort…

Un jeune garçon se présente pour nous servir. Je lui demande :

– Est-ce que le maître du café est vieux ? est ici depuis longtemps ?

– Le maître ?… Oh ! depuis peut-être cinquante ans, répondit-il, étonné ; c'est un *très vieux père*.

– Alors, dis-lui qu'il vienne me parler.

Je me rappelle tout de suite la figure de ce vieil homme, dès qu'il arrive :

– Me reconnais-tu ? Je demeurais là, dans la maison d'en face, il y a bien des années.

– Ah ! oui, dit-il, un peu saisi. Et c'est toi qui t'en étais allé, après, habiter Eyoub. Pourtant, non… il y a au moins vingt ans de ce que je veux dire (on compte toujours très mal les années, en Turquie), tu serais plus vieux que tu n'es.

– Et te souviens-tu de mon serviteur Achmet ?

De mon serviteur Achmet, il se souvient très bien ; mais il ne peut me donner aucun renseignement sur lui : on ne l'a pas revu à Hadjikeuï depuis mon départ.

Alors je le charge d'aller appeler tous les anciens du quartier, tous ceux qui plus ou moins peuvent se souvenir de moi.

Et bientôt un attroupement se forme, des voisins, des curieux, des gens quelconques, qui me regardent comme un revenant de l'autre monde, étonnés eux aussi de me voir encore jeune : il semble que, dans leur mémoire à tous, mon passage ici ait peu à peu remonté jusqu'à des époques incertaines et reculées.

Je m'en doutais bien, ils n'ont pas oublié ce Français qui avait eu l'idée singulière de venir s'isoler ici ; mais, hélas ! au sujet d'Achmet, personne ne peut rien me dire. Pourtant on me propose d'aller, si je veux, chercher un juif qui me connaissait très bien et qui me renseignerait peut-être, – un nommé Salomon.

Salomon ! Je crois bien que je veux voir Salomon ! Qu'on me l'amène bien vite, et il y aura récompense. Ce Salomon, je l'employais souvent ; il allait faire des achats pour moi avec Achmet, et savait même les allées et venues clandestines d'une musulmane dans ma maison. Au moment de mon départ, je l'avais chassé, il est vrai, pour je ne sais plus quelle fourberie ; mais qu'importe pourvu qu'il me guide. J'aurai même presque une joie à le revoir, comme tout ce qui a été mêlé à ma vie d'autrefois…

Il arrive. Sans doute il ne m'en veut pas, lui non plus, car il paraît tout ému de me reconnaître, et il embrasse la main que je lui tends. Je l'avais laissé un homme grand et superbe, je le retrouve tout courbé et blanchi.

– Achmet, dit-il, non, je ne l'ai pas revu, et n'ai plus entendu parler de lui depuis ton départ. Il doit avoir quitté le pays, – ou bien il est mort.

Puis il me promet de passer sa soirée en recherches et de monter demain matin à Péra m'en rendre compte.

Allons, je ne saurai rien de plus ici. Encore une halte perdue. Et l'heure presse, il faut repartir…

Pourtant je voudrais bien entrer dans ma maison, puisque je suis si près ; surtout je voudrais monter au premier étage, dans cette chambre que j'avais préparée avec tant d'amour pour la recevoir.

Et j'envoie Salomon parlementer avec les gens qui habitent là : des Arméniens pauvres, qui consentent, pour une pièce blanche, à m'ouvrir leur porte.

J'entre, je monte notre escalier, je revois notre chère petite chambre, jadis si jolie dans son arrangement étrange. À présent, plus rien ; des meubles de misère, du désordre et des loques qui traînent. J'aurais mieux fait de ne pas regarder cette profanation pitoyable ; le simple coup d'œil que j'ai jeté là vient de suffire pour reculer, reculer encore plus au fond de l'abîme, le passé dont je poursuis la trace.

Mais, tandis que je redescends, par ces marches où les babouches d'Aziyadé se sont posées, une émotion poignante me vient, que je n'avais pas prévue…

Un jour, très loin dans mon enfance, certain rayon de soleil d'hiver, entré par une fenêtre d'escalier, m'avait impressionné d'une inexplicable façon profonde. – J'ai déjà, conté cela, je ne sais où. – Et ici, bien des années plus tard, j'avais retrouvé le même frisson, en revoyant, dans cette maison d'Hadjikeuï, un rayon semblable et de même signification mystérieuse, – qui, chaque soir, glissait le long d'un escalier, pour éclairer une amphore d'Athènes posée dans une niche du mur… Souvent, des détails infimes se gravent pour toujours dans une mémoire, et on dirait qu'ils résument en eux-mêmes tout un lieu, toute une époque pénible ou regrettée : il en avait été ainsi de ce rayon de soleil – déjà mêlé pour moi à je ne sais quel *antérieur* inconnu ; – j'y avais repensé cent fois depuis mon départ du pays turc, et une angoisse singulière, une angoisse bizarre et d'inquiétante origine, m'était toujours venue à l'idée que je ne reverrais jamais cette traînée de lumière pâlie, tombant dans cette niche sur cette amphore, jamais, jamais plus…

Eh bien ! la niche vide est toujours là dans le mur, et tandis que je redescends, le soleil l'éclaire de son même rayon triste…

En tout ce qui précède, je me suis perdu, une fois de plus, dans l'indicible…

Nous remontons dans notre caïque, le Grec et moi, après cette halte qui a duré vingt précieuses minutes, et nous continuons notre route vers Kassim-Pacha, de toute la vitesse de nos rames.

Sur la Corne-d'Or, c'est le va-et-vient coutumier, le croisement incessant des minces caïques silencieux. Et que cette après-midi est belle, tiède et lumineuse ! Elle me donne des illusions d'été, à moi qui arrive des forêts de sapins des Karpathes, où déjà des neiges tombaient… Et je me laisse reprendre aux tromperies du soleil. Je me laisse peu à peu bercer et leurrer par tout ce mouvement, si familier jadis : comme tout à l'heure à Eyoub, peu à peu, je me figure être encore au temps lointain où j'avais des logis mystérieux, ici, sur ces deux rives… L'entour est, d'ailleurs, resté tellement pareil ! Les grands dômes des mosquées se dressent aux mêmes places ; la silhouette immense de Stamboul préside à toute cette agitation joyeuse des barques, absolument comme il y a dix ans, elle dominait nos aventureuses allées et venues d'amour… Oh ! comment dire le charme de ce lieu qui s'appelle la Corne-d'Or !… Comment le dire, même par à peu près : il est fait de mes joies inquiètes et de mes angoisses, mêlées à de l'ombre d'Islam ; il n'existe sans doute que pour moi seul…

À l'Échelle de Kassim-Pacha, nous abordons bientôt, en face de ce palais, d'architecture mauresque, qui est l'Amirauté. Là, je regarde l'heure… À quoi pensais-je donc, il faut que j'aie la tête bien inquiète pour n'avoir pas vu qu'en effet le soleil est encore très haut ; il est à peine trois heures et demie ! J'éprouve un apaisement à cette certitude que le jour n'est pas trop près de finir…

Dix minutes de marche empressée pour arriver de nouveau à ce quartier où nous avons chance de trouver Anaktar-Chiraz. C'est par de vieilles petites rues bien musulmanes, où circulent en babouches des femmes voilées de mousseline blanche.

Après cette longue pérégrination inutile que je viens de faire, revenu à mon point de départ, à cette place d'Hadji-Ali, qui est tranquille et solitaire, entre ses maisonnettes basses, comme une place de village, je m'assieds au même petit café que tout à l'heure, dans le jardin, sous les treilles jaunies qui s'effeuillent. Dans ce recoin paisible, pauvre, presque campagnard, nous serons bien pour causer du passé, sans témoins, au milieu de choses immobilisées depuis des siècles ; l'endroit, d'ailleurs, est comme choisi, pour l'entrevue un peu funèbre que j'attends, pour les choses tristes et saupoudrées de cendre que nous allons sans doute nous dire.

J'envoie le fureteur grec s'enquérir d'Anaktar-Chiraz et la prier de venir ici, causer un moment avec moi. Je crois bien que, cette fois, il la trouvera ; je m'inquiète seulement de savoir si elle consentira à venir, si elle n'aura pas peur, et je demande un narguilé pour attendre. La soirée est de plus en plus tiède, jouant les calmes soirées d'été ; le soleil, qui descend, dore l'antique mosquée d'en face et la vigne effeuillée sous laquelle je suis assis. Sur la place, personne ne passe ; à peine une rumeur confuse monte jusqu'à moi, de la Corne-d'Or et des navires ; il se fait un grand silence alentour. Des minutes et des minutes d'attente se passent. L'immense ville voisine n'est plus indiquée par rien ; j'ai maintenant tout à fait l'impression de l'été, d'un soir d'été finissant, dans quelque village oriental, et du calme profond redescend en moi.

Enfin il revient, le Grec, suivi d'une vieille femme vêtue de noir, basanée, aux traits durs, que je reconnais tout de suite. Je l'avais vue une seule fois dans ma vie, mais c'est bien elle. Son air est effaré, hagard ; elle a vieilli terriblement. Pourvu qu'elle se souvienne !

Évidemment elle a peur de ces personnages inconnus, de cet interrogatoire qu'on veut lui faire subir dans un lieu écarté. Avec une cérémonieuse révérence, elle s'assied devant moi, sur le bord d'un tabouret, et me regarde. Je suis à contre-jour et elle doit me voir en ombre sur un fond de soleil.

Oh ! oui, c'est bien elle ; je viens de reconnaître surtout ce demi-sourire, très bon, très honnête, qui a éclairé un instant son visage parcheminé et durci. Une natte de ses cheveux, restés noirs comme de l'ébène, entoure le foulard de soie, également noir, dont sa tête est enveloppée comme d'une bandelette. Sa robe usée, mais propre, est taillée à l'européenne, d'une forme démodée, avec des biais de velours noir. Chez nous, dans des villages du Midi ou de l'Auvergne, des vieilles femmes ont cette tenue et cet aspect. Elle se tient roide, sur son tabouret, et elle attend.

Je commence à la questionner doucement, timidement, en langue turque, ayant peur de ses réponses.

– « Achmet ? Achmet ? » répète-t-elle, les yeux toujours hagards. Non, elle ne se rappelle pas. Il y a si longtemps de l'histoire que je lui conte, – et elle en a tant soigné, tant vu mourir dans sa vie, des jeunes hommes et des vieux, – et il y en a tant des *Achmet*, à Constantinople ! « Et puis, dit-elle pour s'excuser, j'ai perdu coup sur coup mon mari et mes fils. Depuis ce temps-là, ma tête s'est dérangée, ma mémoire est partie. »

Mon Dieu, comment percer la nuit qui s'est faite dans cette intelligence, comment m'y prendre… Et puis elle a peur surtout ; peur d'être interrogée pour quelque affaire de justice, peur de je ne sais quoi.

– Ne crains rien de nous, bonne dame, lui dis-je. Cet Achmet, je le recherche parce que je l'aimais tendrement, rien que pour cela. Tâche de te rappeler. Je voudrais le revoir. Aide-moi. À présent, je te supplie, tu vois bien. Allons, cherche : Achmet, Mihran-Achmet ? Je te reconnais, moi, pourtant ; je suis sûr d'être venu avec lui te parler ici, il y a dix ans, quand tu demeurais dans ce quartier. Et je lui ai même écrit chez toi, durant les trois premières années qui ont suivi mon départ. Tu l'as soigné, ne t'en souviens-tu pas, quand il était blessé et si malade…

Une lueur paraît traverser sa tête. Elle se penche en avant pour me regarder de plus près, ses yeux s'ouvrent, se dilatent ; plongent tout au fond des miens :

– Comment t'appelles-tu donc ? dit-elle d'une voix brusque.

– Loti !

– Loti !… Ah ! Loti !… Ah ! Achmet !… Ah ! Mihran-Achmet ! Si je m'en souviens, de Mihran-Achmet !!!

Un silence de quelques secondes, pendant lequel sa figure s'assombrit tout à fait. Puis elle reprend durement :

–Eulû ! Eulû ! Yedi seneh dan, tchok dan euldi ! (Mort ! Mort ! Il y a sept années, il y a beau temps qu'il est mort !)

Comme c'est étrange ! Le début de cette réponse, le ton cruel, la répétition irritée de ce premier mot aux consonances sinistres, j'avais imaginé jadis, pour Aziyadé, quelque chose d'absolument semblable…

Eulû ! Eulû ! je m'étais figuré que, pour m'annoncer sa mort à elle, on me poursuivrait, avec acharnement, de ce mot-là.

Et j'ai écouté, à peu près impassible, la phrase funèbre, oubliant presque Achmet pour me dire seulement que le fil conducteur devient de plus en plus difficile à ressaisir, qu'il ne me reste d'espérance qu'en sa sœur Ériknaz et qu'il me faut, ce soir même, à tout prix, la retrouver.

Elle continue, la vieille femme :

– Sa dernière nuit, tout le temps, il t'a appelé : « Loti ! Loti ! Loti ! … » Donc, c'est à cause de toi qu'il est mort, à cause de toi !

Cela encore, je m'y attendais. Je sais bien que non, qu'il a dû mourir de sa blessure, le pauvre petit ; mais je ne m'étonne pas, puisqu'il m'a appelé à l'heure d'angoisse, d'être soupçonné de quelque maléfice mortel. Je suis seulement surpris de me sentir à peine ému, comme si j'avais en ce moment le cœur fermé, ou rempli d'autre chose que de lui.

– Tu sais où est sa tombe ? dis-je simplement. Alors, tu m'y conduiras demain… Mais il y a Ériknaz, sa sœur, de qui j'ai besoin dès ce soir ; dis-moi où elle habite, mène-moi tout de suite chez elle, veux-tu ?

– Ériknaz ?… De qui donc est-ce que je parle là ! Six mois après son frère, on l'a mise dans un cercueil, elle aussi. Quant à sa fille Alemshah, elle est mariée et s'en est allée demeurer très loin d'ici, sur la côte d'Asie, du côté d'Ismir…

Et Anaktar-Chiraz fait un geste de la main, le geste de chasser de la poussière, comme pour mieux affirmer que c'est fini de tout ce monde-là ; table rase, il n'en reste rien.

Allons, il est brisé, le fil conducteur sur lequel j'avais compté ; il est brisé et enfoui sous terre depuis des années avec Ériknaz. Quant à cette femme qui me parle, inutile de l'interroger sur Aziyadé, elle n'a même pas connu son existence. « C'est une bonne et sainte femme, disait Achmet, mais il ne faut pas lui confier nos secrets, elle ne saurait pas les tenir. » Et tout mon plan s'écroule, et la journée s'achève et je ne sais plus que faire…

Maintenant elle m'accable de questions, Anaktar-Chiraz, très radoucie cependant, parce qu'elle comprend que je souffre. Pourquoi ai-je disparu pendant dix années, sans même répondre aux lettres d'Achmet mourant ? Qu'est-ce qui me ramène aujourd'hui ? Qu'est-ce que je veux savoir d'Ériknaz, et, sous tout cela, quel mystère y a-t-il ?

Je ne réponds plus, moi, accablé et songeant… Mais tout à coup je me rappelle une autre sœur d'Achmet. Comment donc était-elle sortie de ma mémoire, celle-là. Il est vrai, une sorte d'invisibilité entourait cette créature très bizarre. Je ne l'avais aperçue qu'une fois, à peine et dans l'obscurité. Eux-mêmes, Ériknaz et lui, ne la voyaient presque jamais, et baissaient la voix pour parler d'elle ; c'était une sœur très aînée, déjà une vieille femme pour laquelle ils avaient une vénération et une crainte, l'appelant tout bas « notre mère ». Mais elle savait l'existence d'Aziyadé, et sa demeure, et connaissait bien aussi Kadidja, la négresse. Vraiment, je ne comprends plus comment je n'y ai pas songé plus tôt…

Et j'interroge, en tremblant :

– Te rappelles-tu qu'il avait une vieille sœur… qui demeurait toute seule, par là-bas, vers les Eaux-Douces ?

Dieu merci, elle se rappelle, et elle croit que cette vieille sœur existe toujours, là-bas, dans sa même maison. Mais c'est une personne singulière, qui a eu de grands malheurs et qui vit dans la retraite. Depuis sept années, depuis l'enterrement, elle ne l'a pas revue.

– Oh ! vite, dis-je, je t'en prie, tu vas m'y conduire !

Elle objecte qu'il est bien tard, que le soleil baisse ; que sa malade l'attend. Pourquoi pas demain, plutôt ? C'est si loin ! Et puis, nous recevra-t-elle seulement ; ça n'est pas sûr.

Je le lui demande avec prière, je la supplie, car je n'ose lui offrir de l'argent bien qu'elle paraisse pauvre. Je la supplie, et je vois peu à peu ses yeux s'attendrir. Eh bien, oui, alors, elle me conduira ce soir. Le temps d'aller avertir la malade qu'elle soigne, et elle revient, et nous partons ensemble.

Je congédie le Grec, qui a pris un air trop attentif, trop inquisiteur, et je reste seul, suivant des yeux la robe noire de la vieille femme qui s'éloigne.

Quelques minutes de calme et de silence, en attendant son retour. Au-dessus de ma tête, la vigne effeuillée prend de plus en plus des teintes d'or rouge, et une nuance d'or se répand aussi sur la mosquée d'en face, sur le branchage des grands cyprès, sur toutes choses ; le soir, le calme soir descend sur ce petit quartier perdu où la mort d'Achmet vient de m'être confirmée. Plus j'y songe, plus je suis convaincu qu'elle aussi, Aziyadé, est couchée comme lui dans la terre turque. Et, au lieu du déchirement affreux que j'aurais senti autrefois, je n'éprouve plus qu'une mélancolie douce en pensant à ces disparus, une mélancolie douce avec peut-être un apaisement de les savoir là, et un désir de bientôt les rejoindre dans la paix où ils sont. À ces immobilités d'Islam, que je sens autour de moi, s'ajoute, pour me bercer, le charme tranquille de cette journée finissante. En ce moment, ma souffrance est endormie dans une résignation absolue à l'universelle mort.

Oh ! pourtant, si ces deux pauvres petits, qui m'ont tant aimé et que je confonds presque maintenant dans une même tendresse n'ayant plus rien de terrestre, m'étaient rendus pour un instant, avec quelle indicible joie, avec quelle émotion profonde et sans nom je les serrerais dans mes bras.

Elle revient, la vieille bonne femme, prête à me suivre chez la sœur d'Achmet, et nous cheminons de nouveau vers la mer, pour retrouver mon caïque et mon batelier, qui nous ramèneront au fond de la Corne-d'Or, à Pri-Pacha, près des Eaux-Douces.

Il nous faut traverser, pour descendre, les mêmes quartiers musulmans que tout à l'heure, illuminés en rose maintenant par les derniers rayons du soleil, et animés de la vie orientale du soir, tout pleins de costumes aux éclatantes couleurs.

À l'Échelle de Kassim-Pacha, notre batelier nous attendait, confiant, couché dans son caïque. Et, au baisser du jour, nous recommençons à glisser sur les eaux de la Corne-d'Or, en sens inverse de notre première course. Sur la rive sud, la lumière meurt peu à peu derrière Stamboul, – et c'est la grande féerie finale du jour.

Le soleil est éteint quand nous mettons pied à terre, au-delà de Pri-Pacha, dans l'extrême banlieue confinant aux immenses cimetières. Et nous voici, l'Arménienne et moi, marchant ensemble très vite, au crépuscule, dans un quartier que je ne connaissais pas, dans un sombre petit quartier arménien aux rues étroites et tortueuses, aux maisons de bois, peintes en brun ou en rouge, et grillées comme des cachots.

Anaktar-Chiraz s'arrête devant une de ces demeures d'aspect mystérieux et frappe avec le maillet de fer. Les coups résonnent sinistrement dans toutes les boiseries du vieux voisinage mort.

Peu après, la porte s'entrebâille d'une façon méfiante, et, dans la fente d'ombre, m'apparaît la figure spectrale, qui me fait frémir : une figure de cinquante ans, triste, fanée, amaigrie, mais ressemblant au pauvre petit Achmet, d'une de ces ressemblances qui sont frappantes jusqu'à l'épouvante. Sa sœur, évidemment, mais si pareille à lui, avec les mêmes traits, la même expression, les mêmes yeux, que c'est comme si je l'avais revu lui-même, vieilli de trente années, et me jetant un regard de reproche par-delà le temps et la mort.

Elle est étonnée, hésitante, prête à refermer sa porte à peine ouverte.

– Loti ! se hâte de lui dire la vieille Anaktar, prononçant ce nom tout bas, comme on annoncerait un fantôme : Regarde-le, c'est Loti ! … Loti qui est revenu !

– Loti ?… Loti ?… répète l'autre avec un tremblement dans la voix. Ah ! Loti !… dit-elle ensuite, après un silence, d'un accent douloureux et amer qui me va plus au cœur que le plus poignant de tous les reproches…

Elles se parlent l'une à l'autre en turc, bas et très vite, disant des choses dont le sens m'échappe. Puis elles me prient de monter et je les suis par un petit escalier noir.

Au premier étage, dans une chambre meublée à l'orientale, mais d'un aspect sombre et pauvre, elles me font asseoir sur un divan misérable ; puis, cette sœur d'Achmet s'empresse à me préparer du café – ce qui est ici une obligation de l'hospitalité – et, tandis qu'elle va et vient autour de son petit fourneau, essuyant pour moi ses tasses grossières de pauvresse, je vois des larmes silencieuses, de grosses larmes qui descendent le long de ses joues.

Oh ! mon Dieu, qu'il fait triste, ici, au crépuscule, dans cette chambre nue où cette femme pleure, et comme mon cœur se serre, et comme les mots que je voudrais dire s'arrêtent et s'éteignent…

Elles voient bien, toutes les deux, que je suis venu pour dire ou pour demander quelque chose de grave. Mais quoi ? Je ne parle pas. Elles attendent. Et le silence se fait de plus en plus lourd, dans la nuit qui tombe…

En tremblant je me décide à dire :

– Tu te souviens bien de *madame Aziyadé*, la petite dame turque que ton frère aimait beaucoup, lui aussi ? Tu t'en souviens ?

Alors elle pose ses tasses et sa serviette, comme pour être plus libre, comprenant que le grave interrogatoire commence. Et elle fait « oui » de la tête, avec un geste des mains qui signifie : « Oh ! si je m'en souviens ! Comment aurais-je pu oublier tout cela ! »

Encore un silence, pendant lequel j'entends une suite de petits coups frappés régulièrement à mes tempes, – le bruit pressé des artères qui battent. Et enfin, d'une voix brusque, qui s'étrangle un peu, je pose la question suprême :

– Elle est morte, n'est-ce pas ?

Lente à parler, elle me regarde, et ses yeux tristes, tout creusés, prennent un air de surprise presque injurieuse… Alors, en quelques secondes d'attente, peu à peu je comprends que c'est *oui*…

J'ai même irrévocablement compris, quand elle se décide à dire, d'un ton d'interrogation amère : « Vraiment !… est-ce que tu ne le sais pas ? » Et je réponds à demi-voix ce mensonge : « Si, je sais, je sais… » Puis j'ajoute encore plus bas comme un enfant qui balbutie : « Ce n'est pas cela… que je te demandais… Je voulais… Je voulais te prier de me dire où on l'a mise… »

Et le silence se fait de nouveau, plus mort que tout à l'heure. J'ai dit ce mensonge, parce que j'avais honte, devant elle, de ne pas savoir, et d'avoir pu vivre des années ainsi. Mais je vois bien qu'elle ne m'a pas cru et que son regard continue de me fixer avec une curiosité mêlée de répulsion et de blâme… Il y a aussi mon attitude qu'elle ne s'explique pas : nos sang-froid et nos tranquillités de souffrance sont incompréhensibles aux orientaux qui, eux, jettent des cris…

Ce silence devient de plus en plus glacial ; on dirait que, entre nous, des couches d'air se figent. Et, dans la maison grillée, dans la chambre pauvre et étrange, le crépuscule s'assombrit ; à travers l'épais quadrillage de bois qui masque les fenêtres, n'entre plus qu'une vague lumière incolore ; la nuit me semble tomber très vite, et par secousses, comme si au-dessus de nous, on jetait un à un, en se hâtant, des voiles de crêpe…

Ainsi, c'est dans ce gîte triste et à cette heure désolée qu'il me fallait venir, pour entendre l'arrêt final…

Je ne sais combien de secondes, ou combien de minutes, je reste là sans parler, assis entre ces deux femmes, dont l'une pleure.

La sœur d'Achmet, pour suivre la loi hospitalière ; m'a remis une petite tasse de café, et je bois lentement, toujours avec cette apparente tranquillité. En dedans de moi-même, dans les régions profondes de la pensée et du souvenir, il y a un trouble et une sorte d'indécise fantasmagorie, comme en songe : j'ai l'impression d'assister à des éboulements dans des abîmes ; des choses, qui tenaient debout, tombent l'une après l'autre, s'effondrent, s'anéantissent ; de grands bruits imaginaires accompagnent ces chutes, puis s'éteignent, se taisent quand tout est tombé, et le silence se fait, quand rien ne reste plus, le silence au-dedans aussi morne qu'au-dehors…

Elle ne sait pas, la sœur d'Achmet, où on a mis le corps d'Aziyadé. À ma question renouvelée elle répond cela, froidement. Mais, dit-elle, Kadidja la négresse, qui existe toujours, le sait sans aucun doute ; *si j'y tiens*, elle ira demain le lui demander, ou même la prier de m'y conduire.

– Demain ! – Oh ! non, ce soir, tout de suite ! – Après ce moment de calme funèbre, la vie me reprend, en même temps que l'inquiétude des heures.

D'abord, elle refuse : chez la négresse, dans le Vieux-Stamboul, avec moi, à la nuit qui tombe !… Non, dit-elle, ce n'est pas possible, elle n'osera pas.

J'avais tout à l'heure supplié l'autre, je supplie celle-ci maintenant. Et, à son tour, je la vois s'attendrir. Eh bien, oui, elle ira ; mais seule, elle préfère ; elle ira chez Kadidja, l'avertir et prendre rendez-vous ; puis, dès demain matin, elle retournera la chercher avec un caïque et me l'amènera où je voudrai…

Et voici enfin notre plan décidé pour cette journée de demain : à huit heures, nous nous retrouverons tous, de ce côté-ci de la Corne-d'Or, à Kassim-Pacha, sur la petite place d'Hadji-Ali ; j'y viendrai, moi, avec une voiture où je ferai monter l'Arménienne et la négresse, qui me guideront chacune vers un des tombeaux, tandis que la sœur d'Achmet, toujours effacée rentrera dans son logis solitaire. C'est convenu, promis, juré, et maintenant nous allons descendre tous les trois.

Pendant que la sœur d'Achmet se prépare pour sortir, j'essaie de la questionner. Mais elle ne sait presque rien ; vivant toujours dans la retraite, elle n'a jamais eu de détails précis sur la mort d'Aziyadé : « Demain, Kadidja me dira tout cela, demain ! » Pour ce qui est de l'époque, elle ouvre un vieux cahier où des dates sont écrites en turc et s'approche des grillages d'une fenêtre, bien près, où il fait encore un peu clair : « Voyons, c'était à la fin du printemps qui a précédé la mort d'Achmet, l'an 1397 de l'hégire. Donc, il doit y avoir quelques mois de plus que sept années. » Elle sait qu'on a emporté le corps le soir, presque clandestinement ; mais que le vieil Abeddin, son maître – qui du reste est mort lui aussi l'an dernier – a cependant fait faire une tombe de marbre. Et c'est tout, « Demain, Kadidja me dira le reste, demain ! »

Elle est prête, maintenant ; elle a mis sur sa pauvre robe un vieux châle noir, et nous descendons ensemble, elle, verrouillant avec soin les portes après que nous sommes passés.

Par la petite rue, encore plus assombrie, nous nous dirigeons vers la mer, où nous devons nous séparer.

La sœur d'Achmet loue un caïque pour se rendre à Stamboul ; la vieille Arménienne monte dans le mien, qui m'attendait là, et s'assied à côté de moi ; je la déposerai à Kassim-Pacha, en passant, et continuerai ma route, seul, sur la Corne-d'Or, pour m'en retourner à Péra, à présent que ma lugubre journée est finie. À la réflexion, j'aime mieux que mon entrevue avec Kadidja ait été remise à demain et puisse être préparée d'avance, car j'ai peur d'affronter cette vieille femme, peur de sa rancune et de son mépris… Je rappelle même la sœur d'Achmet, qui déjà s'éloignait en glissant sur l'eau grise, et je retiens d'une main son caïque léger, pour lui faire mille recommandations : « Tu lui diras bien, à Kadidja, que ce sont des voyages militaires qui m'ont empêché de revenir, des expéditions, des guerres lointaines ; ce n'est pas ma faute, va ; si je ne l'avais pas aimée, *madame Aziyadé*, est-ce que je serais ici, ce soir, revenu de si loin, après dix ans, à cause d'elle ! Tu lui diras, n'est-ce pas ?… » Puis je m'arrête, parce que je sens que ma voix change – et qu'il faut que je me raidisse – parce que je vais pleurer. – « Je le dirai, Loti, je le dirai, » répond-elle, et il me semble voir une expression tout à fait douce maintenant sur son visage désolé ; – puis nos barques se séparent ; dans le crépuscule plus confus…

Finie, ma lugubre journée ! Finies, les agitations, les inquiétudes, les anxiétés, les prières. Fini, tout. Fini le drame dont le dénouement était resté comme en suspens pendant dix années…

Nous glissons rapidement sur l'eau ; l'Arménienne, silencieuse à mon côté, et droite dans sa robe noire. Une tranquillité de tombeau commence à se faire en moi ; il me semble à présent que ce pays, cette ville si longtemps rêvée, viennent de se dépouiller tout à coup de leur charme indicible, en même temps que de leur mystère immense ; que Stamboul est vide, et mon cœur vide aussi, et mon âme vide ; je sens comme un affaissement de toutes choses et un désir de quitter cette Turquie au plus tôt, pour n'y revenir jamais.

Nous continuons d'aller à grands coups d'aviron, comme des gens qui ont hâte d'arriver quelque part. Pourquoi si vite ? Je ne sais pas. Rien ne nous presse à présent, puisque tout est fini. Et où donc allons-nous ? Je ne sais même plus. J'ai peur que cette vieille femme, assise à mon côté, ne me parle, ne rompe ce silence dont j'ai besoin ; j'ai peur qu'elle ne m'interroge sur Aziyadé, sur tout ce qui vient de lui être révélé d'inattendu pour elle et d'étonnant ; je détourne la tête pour ne pas rencontrer ses yeux, et je regarde, sans voir, le merveilleux décor crépusculaire : Stamboul qui se reflète renversé dans l'eau calme, les milliers de caïques qui s'entrecroisent, promenant sans bruit la féerie atténuée des costumes et des couleurs. Tout cela, qui avait disparu pour moi pendant des années, et qui est revenu là comme dans un rêve enchanté, ne me dit plus rien ; non plus que le temps délicieux qu'il fait, le temps encore radouci, tiède, amollissant comme en été…

À l'échelle de Kassim-Pacha, nous nous arrêtons enfin pour déposer la vieille femme en robe noire, dont la présence, même muette, m'était devenue une telle gêne : « Adieu, dit Anaktar-Chiraz en s'en allant, que Dieu t'accompagne, et, demain matin, sois au rendez-vous pour les tombes. »

Je repars seul, comme soulagé d'un poids funèbre, mais la suivant des yeux cependant, la regrettant presque, parce qu'elle était un trait d'union avec le cher passé.

Mon batelier, d'un air câlin d'enfant fatigué, me montre ses bras nus, qui commencent, dit-il, à lui faire mal : « Faut-il toujours aller aussi vite ? » – Ah ! non, à quoi bon maintenant ; j'oubliais de le lui dire… Je n'ai plus de but, et personne ne m'attend nulle part, dans cette grande ville où je ne suis plus connu que des morts. Peu importe où nous irons maintenant. Plus rien à faire qu'à errer, libre et seul, en recherchant çà et là des traces, des souvenirs d'autrefois. Alors je lui réponds : « Va très doucement au contraire, va où tu voudras ; laisse dormir le caïque au fil de l'eau, rentre tes rames et repose-toi ; croise tes bras si tu veux et chante… »

Et bientôt nous sommes presque immobiles, entraînés seulement par une insensible dérive ; le rameur a croisé ses bras et il chante. Il fait un temps rare, et si doux, si étonnamment doux ; j'écoute sa chanson, qui est haute et plaintive, et je regarde autour de moi, avec déjà plus d'intérêt, plus de vie que tout à l'heure. Vraiment, depuis qu'elle est partie, la pauvre vieille femme en robe noire qui se tenait à mon côté comme un remords, je sens je ne sais quel allègement trop rapide, qui m'étonne et me confond… Je regarde maintenant de plus en plus, presque avec mon habituelle avidité de voir… Tout a changé d'aspect à la nuit tombée ; des fanaux se sont allumés à terre, sur les navires, sur les caïques silencieux qui glissent en tous sens ; Stamboul n'est plus qu'une découpure sombre de coupoles et de minarets, profilée sur le ciel encore clair. Au milieu de la Corne-d'Or, nous suivons toujours le fil de l'eau, et, des deux rives à la fois, nous vient, un peu assourdie, la clameur orientale, l'ensemble confus de ces bruits de Constantinople que je reconnaîtrais entre tous les bruits de la terre. Comme c'est bien la même chose qu'autrefois, comme tout est demeuré pareil ; je me représente, sans les avoir revus, tous ces quartiers des deux bords, où j'ai erré des nuits et des nuits ; je sais tout ce qui s'y passe, tout ce qui s'y marchande, tout ce qui s'y cache, tout ce qui s'y chante ! Tellement que je n'ai jamais eu, aussi complète qu'en ce moment, l'illusion de m'être replongé dans l'antérieur évanoui des durées, – et rien de ce que je pourrais dire, dans des pages entières ou des volumes, ne rendrait la mélancolie sans nom de cette impression-là…

Par contre, comme tout est différent, en moi et pour moi, depuis cette époque si jeune !… Alors, j'étais pauvre, très ignoré ; ma vie turque, irrégulière et dangereuse, était tout le temps menacée, je n'avais d'appui nulle part ; une plainte de l'ambassade, un ordre d'un chef pouvaient à chaque instant m'anéantir. Alors, j'étais en peine souvent pour quelques pièces blanches, quand il s'agissait d'acheter un costume turc, une arme, ou seulement d'envoyer le juif Salomon aux petites boutiques du voisinage chercher notre souper. Alors, il me fallait compter avec ces foules, que j'entends ce soir bruire sur les rives, avec ces gens du peuple auxquels ma fantaisie m'avait mêlé ; j'avais parmi eux des prêteurs, des créanciers, des amis qui m'étaient utiles, des ennemis dont les délations m'épouvantaient. À présent, j'achèterais dix fois tous ces petits ennemis-là, et leur silence aussi, rien qu'avec ces pièces d'or de ma ceinture. À présent, mon horizon s'est élargi, élargi démesurément, et je suis presque un souverain auprès de l'enfant isolé que j'étais jadis. Eh bien, tout cela qui, il y a dix ans, m'eut fait ici la vie enchantée, avec *elle*, m'est venu trop tard sans doute car je m'en soucie à peine ; quelque chose s'est éteint en moi, quelque chose de moi-même est couché dans la terre turque, avec Aziyadé.

Le grand décor continue de changer, les mystérieux dômes deviennent indécis et presque diaphanes dans la nuit, les feux sont innombrables, et, en haut, brillent les étoiles. Le temps, de plus en plus doux, sans un souffle de brise, est comme un soir d'été. Je regarde, éveillé tout à fait de ma torpeur de mort, je regarde avidement, avec des yeux dilatés pour tout saisir. Et je me sens plein de contradictions qui m'effraient : par instants, fidèle tout à fait à la chère petite mémoire, triste jusqu'au fond de l'âme et comme pour toujours, éprouvant ce sentiment (que déjà je sais fugitif, hélas ! pour l'avoir d'autres fois connu), ce sentiment de la décoloration et de la fin de tout sur terre ; puis, le moment d'après, un retour de vie avec une sorte de triomphe égoïste à me retrouver encore vivant, encore jeune, encore altéré d'amour ; et je me laisse troubler malgré moi par tout ce pays d'Orient, par cette tiédeur du soir, par ces souvenirs d'ivresses passées, par toutes les choses auxquelles je ne devrais jamais plus prendre garde.

Dix ans, pour nos âmes humaines qui durent si peu, c'est vraiment une période infiniment longue !… Dix ans de séparation et de silence, cela creuse comme des trous dans le souvenir ; cela amène une désuétude, des instants d'oubli étranges, presque un commencement de nuit, même entre ceux qui se sont le plus aimés… Et le constater est, en soi, une chose décevante amèrement.

À la nuit close, nous abordons au pied du grand pont de Stamboul, et je remonte à Péra, à l'hôtel.

Dîner quelconque, à table d'hôte, en compagnie de touristes, connus hier dans l'Orient-Express ou sur le paquebot de Varna. Et, pour un temps, je redeviens comme tout le monde, causant, la mémoire endormie, me rappelant à peine que c'est demain, demain matin, l'entrevue redoutée avec Kadidja et la visite au tombeau.

Mais, aussitôt après ce dîner, je demande un cheval pour aller à Stamboul (cela semble toujours une chose absurde aux gens des hôtels européens, qu'on aille à Stamboul la nuit et surtout qu'on y aille seul). J'y vais, moi, pour revoir, même dans l'obscurité, la maison du vieil Abeddin, cette maison où elle a dû mourir et d'où, « un soir, presque clandestinement, on l'a emportée… ».

D'abord, je traverse au grand trot les rues de Galata, pleines de lumières, de cris et de musique ; ensuite, à l'entrée du pont qui réunit les deux villes, au point où commence l'ombre et le solennel silence, je m'arrête, suivant la coutume, pour faire allumer la lanterne qu'un coureur portera devant moi pendant ma promenade sur l'autre rive, et bientôt, le pont franchi, me voici engagé dans l'immense Stamboul, noir, fermé et mort. Pendant le jour, retenu ailleurs, je n'avais fait que l'apercevoir de loin et, après ces dix années, j'y arrive en pleine nuit, absolument comme le soir où j'y étais venu pour la première fois de ma vie, pendant une fête de Baïram.

Nuit obscure, les étoiles ternies. Mes yeux s'y habituent ; je finis par y voir, et, sans peine, comme si j'en étais parti d'hier, je me dirige au trot dans ce dédale, entre les grands murs sans fenêtres, reconnaissant au passage les vieux palais grillés, les kiosques funéraires où des veilleuses brûlent, les dômes des pâles mosquées silencieuses qui s'étagent dans le ciel. Et la lueur de ma lanterne, qui court, qui danse en avant de moi, me montre, à terre, tout le long du chemin, des masses brunes qui sont des chiens endormis.

Je vais très vite, car il est tard et la maison du vieil Abeddin est loin.

À un tournant de rue, s'ouvre enfin devant moi la grande place déserte de Mehmed-Fatih, bordée d'une série de petits dômes morts qui sont d'une blancheur de linceul. Je touche au but, me voilà presque arrivé. Je traverse en biais cette place, entendant maintenant les sabots de mon cheval sonner plus fort sur le dallage et éveiller partout des échos lugubres. Puis, de nouveau je m'enfonce dans l'obscurité d'une rue étroite, – et c'est là, tout près, que la maison va m'apparaître, la vieille maison de bois, haute et triste, teinte en rouge sombre, avec ses fenêtres aux grillages saillants sur lesquels étaient peints des papillons jaunes et des tulipes bleues. Jamais un passant dans ce quartier, jamais une porte ouverte, jamais un bruit de vie, jamais une lumière. J'ai beaucoup ralenti mon allure et je fais éclairer, par le fanal de mon coureur, les vieux murs, le dessous des vieux balcons aux impénétrables grilles, pour ne pas me tromper quand nous passerons. Mais tout à coup, plus rien devant moi, un vide indéfini, semé de pierres éboulées, de poutres noircies, et mon cheval bute sur des décombres… C'est le feu qui a fait son œuvre ; un de ces grands incendies, qui brûlent ici des quartiers en quelques heures, a tout anéanti. « L'hiver dernier, cela s'est passé, » me dit mon coureur, en agitant de droite et de gauche sa lanterne pour mieux me montrer cette désolation. On ne reconnaît même plus trace de rue ; sur un espace de trois ou quatre cents mètres, il n'y a plus que des débris. Allons, c'est fini, la maison où Aziyadé a fermé ses yeux s'est effondrée dans la flamme… Il faut rebrousser chemin devant ces ruines…

Et je m'en vais, remettant mon cheval au pas, prenant je ne sais quelle route au hasard, dans la nuit noire.

Ce monceau de ruines… non, je n'avais pas prévu cela ; cette destruction dépasse un peu la mesure de ce que j'attendais. Je ne croyais pourtant pas tenir beaucoup à ce quartier sombre ; mais je m'étais figuré, sans doute parce qu'il avait déjà des siècles, qu'il durerait encore, au moins aussi longtemps que moi, et voici que maintenant j'ai un surcroît de détresse à me dire que jamais, jamais plus, je ne pourrai venir errer dans cette rue qui était la sienne, sous les hauts balcons grillés de cette maison où elle avait passé la moitié de sa vie.

En m'en allant, je ne regarde plus rien, et je souffre, tout au fond de moi-même, d'une sorte de désespérance morne et absolue, sans compensation, sans charme, simplement douloureuse. Le souvenir d'elle, le regret qui vient d'elle, et le remords lourd, sont sur moi comme un oppressant manteau de deuil ; en ce moment rien ne m'en distrait plus. Et puis, il y a cette désolante question qui se pose avec une netteté glaciale : à quoi bon ce que je vais faire demain ? quel leurre d'enfant que cette visite à sa tombe ; est-ce que quelque chose d'elle saura seulement que je suis revenu, aura un peu conscience du baiser que je donnerai à la terre, au-dessus du débris qui fut son corps ? Oh ! l'amer et irrémédiable chagrin, de ne plus pouvoir jamais, jamais échanger avec elle une seule pensée ! Pauvre petite Aziyadé, tant de choses que je n'ai jamais su lui dire, et qui me brûlent maintenant, et que je lui dirais là, si on pouvait me la rendre seulement pour quelques minutes, pour un entretien suprême : lui dire que je l'ai aimée bien plus tendrement encore qu'elle ne le croyait et que je ne le croyais moi-même ; lui dire que jamais ne s'éteindra le regret de l'avoir perdue ; lui demander pardon de vivre, et d'être encore jeune, et d'aimer encore ; lui dire tout cela, et puis la laisser se rendormir dans la terre, après l'adieu plein d'amour ! Mais non, il faudra en rester pour l'éternité sur un malentendu affreusement cruel ; bientôt viendra mon heure de mourir aussi, rendant plus irréparable ce malentendu-là, et plus définitif encore ce silence entre nous, parce que toutes ces choses, qui n'avaient pu lui être dites, mais qui vivaient au fond de moi-même, seront mortes avec moi. Et le temps continuera de fuir, et nos deux noms s'oublieront – séparément…

M'en allant, toujours au hasard, dans le dédale des rues et dans l'épaisse nuit, je finis par revenir tout au centre de cette ville immuable, dans certain quartier très saint avoisinant la mosquée de Sultan-Sélim : des tombes, des cyprès, des kiosques funéraires où veillent des petites lampes qui éclairent des catafalques. Et voici une rue, unique en son genre et exquise, très droite et cependant d'un aspect arabe, toute blanche de chaux et bordée régulièrement par des séries de porches en ogive ; ses maisons centenaires ne sont que des rez-de-chaussée très bas, laissant voir, de droite et de gauche, des étendues de ciel ; on est là sur la hauteur centrale de Stamboul, dominant tout alentour. Seuls, les dômes superposés de la mosquée voisine montent dans l'obscurité bleuâtre de l'air, pâles comme des neiges, indécis comme ces cercles qui se font autour de la lune. La rue s'en va, longue file d'arcades tristes, se perdre dans de l'ombre confuse ; mais, un peu loin là-bas, une porte encore ouverte laisse traîner une lueur sur les pavés blancs... Oh ! c'est précisément le vieux petit café où j'avais coutume de m'arrêter avec Achmet, aux heures un peu avancées du soir, quand nous traversions à pied le grand Stamboul. Comment se peut-il qu'il soit resté ouvert aussi tard ? On dirait que c'est pour moi, qu'il m'attend et qu'il m'appelle. Je vais descendre de cheval un instant pour m'y asseoir, dehors, sous les arcades, à la fraîcheur nocturne.

Tout ici est demeuré intact ; les vieilles peintures, les vieilles images de la Mecque accrochées aux murailles, je les reconnais. En face, au milieu de la rue, il y a toujours l'antique fontaine de marbre, couverte au sommet de quelque chose qui ressemble à une chevelure noire, et que je sais être une touffe de fougères. Et sans doute, cet escabeau, que le cafetier vient de m'apporter, a dû me servir déjà plus d'une fois.

Jadis, je me rappelle bien, quand on était assis là, on voyait de loin en loin passer quelques pieux derviches qui se rendaient à la mosquée. – Et ce soir, juste au moment où j'y songe, un groupe de ces derviches apparaît. Ils cheminent lentement, et ils se retournent pour regarder ce personnage, attardé à cette heure insolite, devant ce café qui est seul ouvert le long de l'avenue déserte aux lointains perdus dans le noir.

Jadis, je me rappelle aussi, il y avait un musicien, un vieillard, qui, toute la soirée, dans le fond de la petite salle étrange, jouait sur un violon des airs d'Orient tristes à déchirer l'âme. – Et ce soir, tout à coup, derrière moi, cette même musique commence à gémir. Oh ! alors, c'est une évocation telle, que je sens, cette fois, passer plus profondément que jamais, passer dans les moelles vives, le frisson de réveil et d'angoisse... Ainsi, je suis encore là, moi, assis tranquille à cette place coutumière : autour de moi, dans Stamboul, les choses sont demeurées les mêmes, et notre petit logis adoré d'Eyoub n'existe plus, et sa maison à elle est tombée en cendres, et Achmet est mort, et depuis sept ans elle est couchée dans la terre, et tout est fauché, balayé, fini pour l'éternité... Cette phrase de la sœur d'Achmet me revient tout à coup plus terrible, comme si ce violon me la chantait derrière moi, sur les notes inconnues des inouïes tristesses : « C'était à la fin du printemps... On l'a emportée le soir... »

On l'a emportée le soir… Je vois maintenant ce crépuscule de mai ou de juin, bien calme, bien limpide, comme par insouciante ironie, éclairant en rose la maison sombre ; et puis la porte s'ouvrant sans bruit pour laisser passer des porteurs chargés d'une chose lourde… Oh ! ce corps qui s'en allait ainsi, et qui était le sien !… Non, jamais jusqu'ici je n'avais éprouvé pour elle rien de comparable à ma souffrance d'à présent.

D'ailleurs il semble que, depuis le commencement de mon pèlerinage à Constantinople, malgré les difficultés semées comme à plaisir sur ma route, malgré les changements, les destructions, les morts – et malgré ces intermittences d'oubli qui me confondent – il semble que je me rapproche toujours de plus en plus du cher petit fantôme poursuivi, et que nos âmes soient près de se rejoindre…

J'ai tourné la tête du côté de la rue et de l'ombre, parce que mes yeux, subitement, se voilent et ne distinguent plus rien. Et deux larmes affreusement amères, larmes d'abandonné, comme ont dû être les siennes, descendent le long de mes joues.

Le petit garçon qui m'apporte mon café et mon narguilé s'aperçoit que j'ai pleuré, me regarde avec étonnement, puis se dit sans doute que les affaires de cet étranger lui sont indifférentes, et se retire sans parler. Le vieux musicien de mort est seul, à peine éclairé, jouant comme en rêve. Je reste, prolongeant le plus possible ce moment de souffrance, parce que jamais, depuis dix ans, je ne me suis senti si près d'elle qu'ici, dans la solitude de cette rue pleine d'ombre, tandis que gémit derrière moi, au milieu du silence et de la nuit d'alentour, la petite musique grêle de ce violon…

Une heure après, repassé sur l'autre rive, remonté à Péra, je congédie, à la porte de l'hôtel, mon coureur et mon cheval. Et, changeant d'idée, au lieu de rentrer, je repars seul à pied, pour errer au hasard, peut-être jusqu'au matin : j'aime mieux ne pas perdre, à dormir, le temps trop court que je passe ici.

D'abord j'éprouve une sorte de griserie inattendue, trop complète, à être seul, libre, sans but, dans les rues obscures. La nuit continue d'être douce comme une nuit de juin, et l'air est chargé de toutes les senteurs de Constantinople, où domine, en ces quartiers, le parfum balsamique des bois de cyprès.

Pendant trois mois d'été, avant d'aller demeurer à Hadjikeuï et à Eyoub, j'avais habité ici, sur la hauteur de Péra, regardant de ma fenêtre le merveilleux panorama lointain de Stamboul : c'était le temps où j'attendais l'arrivée d'Aziyadé, sans tout à fait croire qu'elle viendrait, et, en l'attendant, je m'étourdissais avec d'autres. C'était aussi l'époque transitoire de ma vie, où, tout à coup, n'ayant plus de foi ni d'espérance, je me jetais à cœur perdu dans l'amour. Et l'enchantement nouveau de cet Orient, et cette splendeur de l'été, et l'appel de tant d'yeux noirs, tout cela avait fait de ces trois mois d'attente quelque chose d'étrangement voluptueux, avec des dessous d'une tristesse de gouffre. Oh ! ces nuits d'alors, passées à errer par les rues, comme je fais ce soir, mais toujours à la poursuite de quelque aventure nouvelle, ces nuits, comme j'en retrouve les souvenirs à chaque pas, à chaque chose reconnue dans l'obscurité ! Et ces senteurs, aussi, qui n'ont pas changé ! Et tous ces bruits qui si vite me redeviennent familiers : aboiements lointains des chiens errants, signaux des veilleurs qui frappent les pavés sonores du bout de leurs bâtons ferrés, et clameur confuse venue d'en bas, des lieux de débauche de Galata.

Je descends maintenant les escaliers d'une rue qui n'est bordée de maisons que d'un seul côté, et qui, de l'autre, domine une trouée profonde : le Champ-des-Morts, avec, au-delà, une ligne pâle qui est la mer et une découpure fantastique qui est Stamboul.

Il me semble connaître, d'une façon très particulière ces pavés, ces marches !

En effet, comment n'avais-je pas vu plus tôt que cette rue est précisément celle que j'habitais, et que voici ma maison de Péra, et là-haut les fenêtres de ma chambre ? Que de fois je suis rentré dans ce logis à des heures indues, quand déjà les fraîches lueurs roses du matin commençaient à se lever du côté de la rive d'Asie ! Peu à peu, des souvenirs plus précis d'ivresses passées me reviennent malgré moi et me troublent davantage…

Puis, j'arrive au Petit-Champ-des-Morts, entouré de murs : un bois de cyprès qui sent bon et où dorment des sépultures musulmanes si anciennes qu'elles n'inspirent plus d'horreur. Jadis il m'arrivait souvent d'y pénétrer, au milieu des nuits, et de m'y asseoir, sur la mousse sèche semée des petits piquants parfumés qui tombaient des arbres : c'était un asile sûr, où les rendez-vous n'avaient pas de témoins. L'entrée était là-bas, par ce portail à grilles de fer que je commence à apercevoir. Toujours fermé, ce portail ; mais quand on était comme moi coutumier du lieu, en passant la main à certain point où la pierre du mur était rongée, on atteignait le verrou et on pouvait ouvrir… Et ma main, comme d'elle-même, s'enfonce dans ce trou du mur, rencontre le verrou et le pousse : alors le portail s'ouvre encore, en grinçant légèrement sur ses gonds rouillés, avec un bruit connu qui achève de mettre ma tête en déroute…

Mon Dieu, est-ce que je ne sais plus ce que je suis venu faire à Constantinople ? est-ce que j'ai oublié ? Si près de ma visite à sa tombe, j'ai pu passer par un tel moment de trouble et d'inquiétante insouciance ! Oh ! la phrase funèbre : « On l'a emportée le soir… » comment ai-je pu la perdre de vue, même pour un instant ? comment suis-je assez le jouet de mes sensations pour m'occuper d'autre chose ?… En rentrant, je baisse la tête ; il me semble que j'ai insulté à la chère petite mémoire tout le temps de cette étrange promenade de nuit, que j'ai éloigné de moi le fantôme aimé qui peu à peu se rapprochait.

Et quand je suis enfin seul, dans le noir de cette chambre d'hôtel, le sommeil ne me vient pas, mais les larmes, les larmes qui lavent et que je bénis.

IV

Vendredi, 7 octobre 188...

Je m'éveille, après des rêves confus ; je m'habille, la tête inquiète, pour aller à ce cimetière.

Dans mes malles, j'ai rapporté ici un de ces costumes turcs très brodés que les hommes du peuple mettent les jours de fête, pauvre relique un peu fanée de notre temps d'Eyoub ; je le portais dans notre logis, dans notre quartier, le soir. Aziyadé m'avait fait jurer aussi que je reviendrais avec ce costume-là, qu'elle le reverrait, et, depuis des années, je m'étais dit que je le reprendrais, même pour aller visiter sa tombe au cimetière.

Puis, quand je suis ainsi vêtu, une hésitation me vient. Cette veste d'Orient, qui m'était familière jadis, me fait aujourd'hui un effet de déguisement et de triste mascarade. Pourtant je voudrais la garder : comment faire ? D'abord je la dissimule sous un banal pardessus de couleur neutre, – que je remplace ensuite par un manteau de voyage encore plus long, m'enveloppant jusqu'aux guêtres dorées... Bien puérils tous ces détails d'accoutrement, quand il s'agit d'un pèlerinage funèbre dont l'appréhension vous trouble jusqu'au fond de l'âme !

En bas, il y a un grand landau attelé, que j'ai commandé la veille pour que les vieilles femmes puissent y prendre place à côté de moi, et je me mets en route, par un beau soleil pur, qui a un air de joie.

Il faut faire un long détour et passer par des rues en pente dangereuse, pour aller en voiture à cette place d'Hadji-Ali où elles m'ont donné rendez-vous, Kassim-Pacha étant un faubourg en contrebas, séparé de Péra par les fondrières des « Champs-des-Morts ».

Cependant nous arrivons, car voici l'antique petite mosquée blanche et ses cyprès noirs.

Sur la place d'Hadji-Ali, j'aperçois deux femmes qui m'attendent, rien que deux, Anaktar-Chiraz et la sœur d'Achmet. La troisième, Kadidja, la plus désirée et l'essentielle, pourquoi donc n'y est-elle pas ?

Les deux autres, en me voyant paraître, font un geste de consternation. Qu'y a-t-il encore, mon Dieu ? A-t-elle refusé de me voir ? Ou bien est-elle morte ? Et alors ce serait fini ; j'échouerais au port et pour jamais, personne au monde ne saurait plus me conduire... J'ai le temps de me dire tout cela, en quelques secondes d'anxiété haletante, tandis que je saute à terre et que je cours à elles pour les interroger.

Non, répondent-elles, ce n'est rien de si grave. Mais la pauvre vieille est infirme, depuis l'hiver dernier, clouée sur un grabat, incapable de faire un pas. Et aucune voiture ne pourrait arriver dans le quartier qu'elle habite, tant les chemins y sont raides et étroits.

D'ailleurs, à quoi bon serait-elle venue de ce côté-ci de la Corne-d'Or, puisque c'est, a-t-elle dit, sur l'autre rive qu'est la tombe ; du côté de Stamboul, mais très loin, en dehors des murs, dans la campagne…

En dehors des murs de Stamboul, c'est là qu'on l'a mise !… Oh ! combien cette idée me serre le cœur davantage !

Et je me représente tout à coup cette région désolée, faite de landes et de bois de cyprès, qui s'étend au pied des vieux remparts immenses, depuis le Phanar jusqu'aux Sept-Tours ; tout ce funèbre désert, d'une dizaine de kilomètres de longueur, où l'on enterre au hasard les morts obscurs. C'est là qu'on l'a mise ! J'en avais eu quelquefois la frayeur, sans vouloir pourtant y arrêter ma pensée ; non, plutôt je cherchais à me la figurer dormant dans quelqu'un de ces cimetières délicieux, de Scutari ou des bords du Bosphore. Et comment découvrir là-dedans sa chère petite tombe, si cette Kadidja, – qui est seule à la connaître et qui sans doute n'a plus longtemps à vivre, – ne peut venir aujourd'hui même, à n'importe quel prix, me la faire voir.

Une fois de plus, j'ai l'angoisse de sentir le fil conducteur s'échapper de ma main ; l'angoisse de chercher un expédient quelconque, toujours avec cette même hâte enfiévrée, et de n'en trouver aucun…

À la fin, une idée m'est venue, et j'appelle le cocher grec qui m'a conduit. – Ce conciliabule sur cette place, cet étranger, cette voiture, sont des choses étonnantes pour les gens de ce quartier immobile, et, derrière des grillages de fenêtres, quelques paires d'yeux commencent à se montrer. Voici, je me suis souvenu que les chaises à porteurs, il y a dix ans, étaient encore en usage à Péra : j'avais vu à cette époque, les soirs de pluie, des actrices ou des chanteuses se faire reconduire ainsi à leur hôtel. Ce cocher, qui a l'air intelligent, saurait peut-être m'en trouver une, tout de suite, et me la ramener ici même, avec une relève de brancardiers…

Une pièce d'or en acompte ; une autre après pour sa peine, s'il m'a procuré tout cela avant une demi-heure. – Et il part, l'air sûr de son fait, fouettant ses chevaux.

Encore une de ces attentes incertaines, comme celles qui ont coupé si souvent ma journée d'hier. Dehors, sur une pierre, je m'assieds entre les deux femmes. J'enlève mon manteau gris, qui est plus étrange en ce quartier que ma veste orientale ; alors ces broderies de mon costume, jadis choisi par elle, se remettent, après tant d'années, à briller à leur lumière d'autrefois, devant le suaire de chaux des mêmes vieux murs, et là, dans la blanche petite rue, ensoleillée, solitaire, je me sens heureux, avec mélancolie, d'avoir repris pour un moment l'aspect de quelqu'un du peuple d'ici…

Trente ou quarante minutes se passent dans une attente silencieuse, les deux femmes en robe noire, assises, la tête dans les mains, l'une à ma droite, l'autre à ma gauche – comme des pensées de mort qui auraient pris forme humaine.

Et enfin là-haut, au sommet d'une montée qui domine ce quartier d'Hadji-Ali, apparaît, profilé sur le ciel, le landau qui revient au pas, suivi de la chaise et des porteurs !

Qu'on fasse vite, vite ! Que la voiture m'attende ici, avec Anaktar-Chiraz, une heure, deux heures, tout le temps qu'il faudra, et que la sœur d'Achmet, les porteurs, la chaise, descendent avec moi jusqu'à la Corne-d'Or, où nous louerons un grand caïque pour passer à Stamboul.

À Stamboul, nous débarquons dans le sombre Phanar, à l'échelle la plus voisine du quartier de Kadidja ; puis nous grimpons, par des rues en escalier, entre des murailles délabrées et croulantes, très regardés par les rares passants, qui se retournent d'un air d'inquiétude hostile.

Dans un taudis sans nom, dans une soupente noire, Kadidja est étendue sur des loques horribles, geignant faiblement comme une pauvre bête malade. Mais c'est bien elle, et je crois qu'aucun visage, ni aucune chose revue à Constantinople, ne m'ont impressionné comme cette vieille figure noire, où il y a de la malice de singe agonisant et de la tendresse suppliante, je ne sais quel mélange d'animalité qui se décompose et de bonne âme fidèle qui s'en va…

En approchant, j'avais peur de ses reproches et de sa colère. Mais l'explosion de tout cela s'est passée hier, quand la sœur d'Achmet a prononcé mon nom ; après, elle m'a pardonné, parce que je suis revenu. Je n'entends pas le terrible : « Eulû ! Eulû ! » ni la malédiction dont j'avais eu le pressentiment cruel, il y a dix ans, quand j'ai écrit le chapitre final d'*Aziyadé*. Au contraire, elle me tend ses pauvres mains noires, ridées, tordues, effrayantes ; malgré toutes les distances, nos yeux se pénètrent et se comprennent ; elle pleure et, en la regardant, je sens que des larmes me viennent aussi. Elle est la dernière des dernières, négresse esclave de naissance, à présent débris à peine humain qui finit de misère sur un fumier, et je me penche sur elle avec une pitié tendre, et je crois que, sans grand effort, je lui donnerais un pieux baiser.

Certainement, dit-elle, elle se lèvera, malgré son mal ; elle se laissera conduire, emporter ; elle fera tout ce que je voudrai, au risque d'en mourir ce soir, heureuse, au-delà de ce qu'elle aurait su demander pour son ciel, heureuse du rôle qu'elle va jouer entre sa maîtresse et moi, heureuse de cette suprême visite inespérée qu'elle va faire à sa tombe. Et ses larmes coulent, coulent sur le noir de ses joues ; des larmes de joie qui la transfigurent…

Mais voici qu'une difficulté imprévue surgit : les porteurs, maintenant, qui se prennent de dégoût et qui ne veulent plus ! Enlever ça dans leurs bras, asseoir ça dans leur chaise qui est garnie d'un velours neuf, non jamais ! Eux, sont d'élégants porteurs, au costume brodé, qui ne s'attendaient point à être dérangés pour une telle besogne. Et ils refusent.

D'ailleurs, je réfléchis qu'elle se refroidirait mortellement, cette pauvre vieille, presque nue, une fois retirée des loques immondes qui sont entassées sur son corps… Mais je me rappelle avoir vu dans le quartier, en passant, de belles couvertures de laine, d'une couleur orange, à l'étalage d'une petite boutique de juifs, et je prie la sœur d'Achmet de courir en acheter une… J'y mettrai la main avec elle ; à nous deux, nous envelopperons Kadidja là-dedans, et les porteurs pourront, après, l'enlever sans effroi.

Un quart d'heure de perdu encore, à cette toilette qui semble un ensevelissement. Enfin la vieille femme, enveloppée, enroulée dans la laine épaisse et neuve, est assise sur la chaise de velours, souriant, malgré sa douleur et son chagrin, de tout ce luxe inconnu jusqu'ici dans sa vie. Et nous partons, prenant congé de la sœur d'Achmet avec des serrements de mains et des remerciements.

Au départ, Kadidja, redevenue très vivante, a, d'une voix nette, donné ses ordres et indiqué par quelle porte de Stamboul il faudra sortir. La matinée s'avance ; je loue un cheval en route et je commande aux porteurs de courir. Des enfants, qui voient passer grand train cette chaise, escortée par ce cavalier doré comme un *cavas* de pacha, regardent par les lucarnes de verre pour voir la belle qu'on emporte là-dedans si vite, et puis s'épouvantent de cette figure de guenon noire.

Toutes ces agitations, tous ces empressements m'ont fait perdre de vue le but de la course. Et puis, il y a le plaisir physique d'être sur ce bon cheval jeune, que le hasard m'a procuré, le plaisir de fendre l'air vif et pur, un beau matin de soleil… Et, encore une fois, l'oubli vient ;

je trotte, le cœur presque léger, m'intéressant aux choses singulières et grandiosement tristes de l'entour.

Nous cheminons longtemps au milieu de ces quartiers presque inhabités, presque en ruines, qu'on appelle le « Vieux-Stamboul ». Puis enfin, la gigantesque muraille crénelée, qui enferme tout cela, nous apparaît ; nous en sortons par d'antiques portes ogivales, qui se succèdent en voûte obscure, et nous voici dans la campagne, dans le désert des tombeaux.

Derrière nous, ces remparts que nous venons de franchir semblent l'enceinte de quelque colossale ville abandonnée ; invraisemblablement hauts, hérissés de dents pointues, flanqués d'énormes tours, ils s'en vont sur notre droite et sur notre gauche, indéfiniment pareils, se perdre dans les lointains désolés.

En avant, c'est l'interminable région des sépulcres : landes d'un gris roux, avec, çà et là, des bouquets de cyprès noirs qui montent comme des flèches d'église. Un peuple de tombes couvre ce sol ; pierres debout, qui sont de tous les âges, de toutes les époques de l'histoire. Cette terre aride est pleine d'ossements de morts.

Jadis, quand j'habitais Eyoub, je venais rarement de ces côtés. Une fois, cependant, nous y avions fait une promenade en plein jour, elle et moi, une après-midi de décembre, choisissant ce lieu parce qu'il était plus désert. Et, tout près d'ici, je m'en souviens, un petit oiseau, qui sans doute se trompait de saison, nous avait chanté, pour nous seuls, un air de printemps, sur la branche d'un de ces cyprès. Ensuite, un peu plus loin, là-bas, nous avions vu enterrer devant nous une si jolie petite fille, – qui doit être en poussière aujourd'hui… Oh ! cette promenade sur l'herbe rase et les marguerites d'hiver, la seule que nous ayons jamais osé faire ensemble à la lumière du soleil, comme je me la rappelle tout à coup d'une manière déchirante…

Et maintenant je recommence à avoir la pleine conscience de tout ce qu'il y a d'infiniment mélancolique dans notre course. La pensée que je m'approche d'elle, des débris qui ont été son corps, me fait passer de grands frissons glacés, et je sens revenir cette impression physique, qui est particulière aux heures de deuil, cette impression d'avoir les tempes, la poitrine, serrées peu à peu, de plus en plus, dans des étaux de fer.

Je regarde autour de moi les tombes, les plus rapprochées et aussi les plus lointaines, cherchant et interrogeant des yeux les moins vieilles, celles qui sont restées un peu blanches et où brille un peu d'or, celles qui n'ont pas encore pris l'uniforme teinte gris roux de l'ensemble de tout cet immense ossuaire… Depuis bien des années, j'avais prévu, deviné cette promenade funèbre, tout ce qui est réel aujourd'hui ; mais jamais je n'avais imaginé que cela se passerait dans cette région de suprême abandon où nous sommes ; non, je ne m'attendais pas à ce qu'il me faudrait venir la chercher parmi ces confuses peuplades de morts ; vraiment je souffrirais moins de la savoir ailleurs qu'ici, perdue au milieu de tant d'autres, de tant d'autres qui n'ont même plus de nom, même plus de pierre…

Kadidja a fait obliquer ses porteurs sur la gauche, et nous longeons maintenant l'écrasante et interminable muraille crénelée, dans la direction des Sept-Tours, marchant sur un sol dénudé qui a un air maudit.

Nous devons approcher, car elle a frappé, de sa vieille main noire, contre la vitre de sa chaise, pour faire signe d'aller doucement, et je la vois qui regarde, les yeux dilatés, qui cherche… Même, elle a l'air d'hésiter maintenant, – et moi je tremble. Ah ! elle a dû la voir, car elle arrête ses beaux porteurs d'un geste de commandement. Par ici, à droite, sur cette espèce de monticule où il y a une dizaine de pierres debout : c'est là ! Dans le nombre, il y a trois ou quatre tombes de femmes, que je distingue du premier coup d'œil : des bornes peintes en bleu ou en vert, avec des inscriptions et un couronnement d'étranges fleurs, jadis dorées… Laquelle ?

Elle s'est fait descendre, la pauvre vieille, branlante, les yeux ardents ; soulevée par deux porteurs, qui la tiennent enveloppée dans sa couverture orange – non par égard pour elle, mais par dégoût de son corps – elle marche presque, l'infirme ; elle a dégagé des plis de la laine deux effrayants bras de momie, où courent des veines gonflées, et elle marche, à force de volonté, entre les hommes qui la soutiennent, elle avance par soubresauts qui font mal. Et je la suis, avec une infinie pitié…

Laquelle de ces tombes ? Ah ! celle-ci sans doute, vers laquelle elle a l'air de se diriger, celle-ci, qui est d'un bleu éteint, avec des inscriptions d'or encore brillantes… Oui, c'est bien là !… Elle se jette dessus, s'y cramponne à deux mains crispées, pauvre vieux singe qui fait mal à voir et qui fait peur ; ensuite, se retourne pour me crier, d'une voix révoltée, sauvage, aiguë, surprenante dans ce silence : « Bourda !… Bourda, Aziyadé ! » (Ici, ici ! Aziyadé !) Il y a cela, sous-entendu, que je comprends bien et qui m'entre comme une lame : « Et c'est toi qui l'y as conduite ! » Puis, subitement, elle me prend les mains, et, d'une voix de petit enfant, qui est douce, douce, comme pour me demander pardon, elle répète : « Ici !… ici, Aziyadé ! Vois-tu, c'est ici qu'elle est à présent… » En même temps, une grimace à fendre l'âme contracte sa figure noire, et un brusque jet de larmes coule de ses yeux…

Je baisse la tête, moi ; mais pas une larme ne me vient. D'un geste machinal, pour me découvrir comme on fait sur les tombes chrétiennes, je porte la main à mon front, puis je la laisse retomber… J'oubliais quel costume j'ai repris pour venir ici : le fez turc ne s'enlève jamais, même pas pour prier Dieu. Et je me penche sur le marbre, cherchant, parmi les inscriptions enroulées que je ne sais pas déchiffrer, cherchant son nom, le vrai et l'aimé, celui qui est gravé sur la grossière bague d'or qu'elle m'a donnée, celui qui est écrit aussi sur ma poitrine, en petites lettres bleues indélébiles. Mais comment donc suis-je redevenu tout à coup aussi calme, presque distrait ? Il semble que je ne comprends plus bien, que je n'y suis plus. Qu'est-ce donc qui m'a fermé le cœur d'une façon si inattendue ? Sans doute la présence de ces hommes, avec leurs yeux curieux, leur étonnement presque ironique ; tout ce groupe, tout cet appareil presque théâtral. Oh ! il aurait fallu pouvoir venir seul. Ils ne devraient pas être ici, eux ; leurs regards, rien que leur voisinage, sont insultants pour le cher petit tombeau – et s'ils devinaient tout, ce serait peut-être même un danger, plus tard, pour la tranquillité de ce lieu quand je serai loin.

Je reviendrai seul demain matin ; j'aurai le temps encore, puisque le paquebot qui m'emmène ne part qu'à trois heures du soir. Alors, ce sera ma véritable visite. Mais, aujourd'hui, allons-nous-en ; avec ces gens-là qui piétinent le sol et qui causent, nous profanons tout…

À elle, qui dort sous cette pierre, je dis, en dedans de moi-même : « Je viendrai seul te voir, pauvre petite, je passerai la matinée de demain avec toi, dans ton désert ; tu comprends bien déjà que je t'aime, puisque j'ai fait, pour te retrouver, tout ce long voyage… » Pourtant je regarde la terre, malgré moi, furtivement, la terre au pied de cette borne de marbre… Mais non, aujourd'hui je ne veux pas penser à ce qui est en dessous, je détourne la tête, et, à force de vouloir me raidir, je me sens redevenu tout à fait impassible, l'expression dure.

Seulement, je prends note des alentours avec une extrême attention, pour ne pas me tromper de chemin, quand je serai seul. D'abord, le long de cette formidable muraille sombre, qui a l'air de fermer le monde derrière nous, je compte combien de bastions carrés, depuis la porte par où nous venons de sortir jusqu'au lieu où nous sommes ; puis, je trace à la hâte sur un calepin des alignements, des silhouettes de cyprès, afin d'avoir tous mes points de repère assurés ; je grave pour jamais tout ce lieu funèbre dans ma mémoire, afin de n'en plus oublier la route, quand ce serait dans dix ans, dans vingt ans, qu'il me serait donné d'y revenir. Je cherche même quelles petites plantes je pourrai cueillir demain et emporter avec moi : presque rien, hélas ! tant ce sol est aride ; à peine deux ou trois imperceptibles feuilles épineuses et un frêle lichen gris ; je ne sais même pas si, au printemps, la moindre fleur de lande s'ouvre sur ce tombeau…

Allons, maintenant, partons vite. Les porteurs replacent la vieille femme épuisée dans sa chaise, je remonte à cheval, et nous retraversons cette solitude au pas rapide, comme nous étions venus.

Bien étrange, en vérité, et bien inattendue pour moi, cette visite, si courte, si froide. Je m'en vais, plus amèrement triste, mécontent, inassouvi. Si cependant quelque chose m'empêchait de revenir demain, si d'ici-là quelque chose me foudroyait… Jusqu'au moment où nous nous engageons sous les portes farouches de la grande muraille, je reste hésitant, je regarde derrière moi, tenté de revenir sur mes pas, au galop de mon cheval…

Quand Kadidja est recouchée sur ses loques, dans sa soupente noire, je congédie ces porteurs dont la présence m'était odieuse. De mon mieux, j'étends sur le corps de la pauvre vieille sa couverture neuve, qui lui fait tant de plaisir, et qu'elle caresse avec ses mains, à la manière des petits enfants en possession d'un jouet nouveau.

Et maintenant, je voudrais l'interroger, elle qui est la seule au monde à qui je puisse parler, parmi celles qui ont vu, qui ont su, qui ont gardé dans leur mémoire tout ce que je tremble d'apprendre.

– Oui, oui, répond-elle, je te dirai des choses, des choses… Un de ces jours, tu viendras causer avec ta Kadidja, quand elle aura bien dormi, pour retrouver toute sa tête…

Un de ces jours !… Mais je n'ai plus qu'aujourd'hui !…

– Ah ! Loti, reprend-elle en se dressant avec effort, tu ne sais pas : on m'avait chassée, moi… Mais sa Kadidja n'est pas partie loin, tu penses, et, pendant deux nuits, quand j'ai compris qu'elle mourait, je me suis tenue dans la rue, contre la porte, pour entendre…

On l'avait chassée… Alors, que pourra-t-elle tant me dire ? Quels renseignements confus et étranges pourrai-je tirer de sa vieille tête qui, d'ailleurs, me semble déjà égarée.

– Et Fenzilé-hanum, dis-je, tu sais ce qu'elle est devenue ?

– Ah ! Fenzilé, oui… Oh ! elle sait beaucoup de choses, celle-là. Et peut-être bien, peut-être bien qu'elle viendrait ici, pour te parler !

Cette Fenzilé, une des trois autres femmes du vieil Abeddin, je l'avais aperçue une seule fois, voilée naturellement. Mais je savais qu'elle était meilleure que ses compagnes pour Aziyadé, presque serviable et bonne. Et il paraît que c'est la seule, de tout ce harem dispersé, qui soit restée à Constantinople, où elle s'est remariée. Oh ! s'il y avait moyen de lui parler ! Il est vrai, je n'espère pas du tout que ce soit possible… « Comment faire, bonne Kadidja, pour la décider à venir ici chez toi ? »

Un instant après, sur les indications de la négresse, j'ai été chercher dans un taudis voisin et j'ai ramené avec moi une très vieille femme, à la figure sinistre d'entremetteuse, qui a dû tremper, au cours de sa vie, dans plus d'une louche aventure. C'est sur cette personne que Kadidja compte pour négocier l'entrevue ; très agitée, maintenant, elle lui donne, à ce sujet, des instructions qui semblent assez précises, et moi je promets une forte récompense. Le rendez-vous serait ici, et pour cette après-midi, bien entendu, vers sept heures à la turque. Mais j'y compte si peu…

Je voudrais interroger encore Kadidja ; mais elle est de plus en plus épuisée, et j'ai pitié. Je suis moi-même affreusement fatigué de cette matinée. Surtout, je pressens trop ce qu'elle va me dire en termes plus clairs, si j'insiste ; c'est qu'Aziyadé est morte de mon abandon. Puisque c'est vrai, mon devoir est de l'entendre et j'y tiens, mais ce sera assez d'une fois, quand je reviendrai ce soir… Alors, je me rappelle qu'on m'attend de l'autre côté de l'eau, et, un peu lâchement, je m'en vais…

Maintenant donc, il faut redescendre vers la Corne-d'Or, prendre un caïque, passer sur l'autre rive, revenir à la place d'Hadji-Ali où m'attendent Anaktar-Chiraz et le landau, et aller faire visite à une autre tombe.

Assise à côté de moi, Anaktar-Chiraz a dit au cocher : « Va au cimetière arménien-catholique de Chichli. »

C'est très loin, paraît-il, et il fouette ses chevaux qui partent au trot rapide. Tournant le dos à Stamboul, nous arrivons de nouveau à Péra ; nous le traversons à toute vitesse ; nous le dépassons, nous dépassons le faubourg du Taxim, et nous voici dans une autre banlieue, bien différente de celle où Aziyadé est ensevelie… Comme on les a couchés loin l'un de l'autre, mes deux pauvres petits compagnons d'Eyoub.

Dans un cimetière catholique ?… En effet, je me rappelle à présent : il m'avait conté qu'il était né arménien-catholique et que plus tard, vers sa quinzième année, il s'était fait musulman sous ce nom d'Achmet. À sa dernière heure, il se sera souvenu du Christ.

Quelle horrible banlieue que celle-ci, par contraste avec celle de Stamboul, dont la tristesse est grande et superbe… Ici, c'est le côté où tous ces gens cosmopolites de Péra viennent *s'amuser* aux jours de fête ; dans une campagne sans arbres, sans verdure, absolument nue, s'étalent d'abord d'odieuses guinguettes de barrière, arméniennes, grecques, juives, qui rappellent les mauvais alentours parisiens : ensuite commencent des champs labourés, dans lesquels notre voiture s'engage, région toute grise, couleur de terre, sans une herbe verte ; et enfin, sur une hauteur solitaire, paraît un carré de murs, gris aussi, au-dessus desquels ne s'élève ni un cyprès, ni un feuillage quelconque : c'est le cimetière de Chichli.

Nous entrons. On dirait un cimetière de pauvres, un cimetière de suppliciés. Pas une fleur, pas une plante. Quelques rares petites croix de bois ou de pierre, quelques plaques de marbre bien humbles ; presque partout, de simples bosses de terre, indiquant le gisement des cadavres.

La vieille Arménienne s'oriente, choisit un sentier, se met à compter les monticules sinistres – un, deux, trois, quatre, – et s'arrête à une place qui semble avoir été récemment bêchée : « Le voilà, notre Achmet ! » Et ses bons yeux de vieille mère se voilent un peu, au souvenir de l'enfant qu'elle avait soigné comme un de ses fils.

Oh ! le pauvre petit ! comme le lieu de sa sépulture est pénible à voir !…

Je n'aurai pas le temps de revenir une seconde fois auprès de lui, aussi vais-je lui dire mon grand adieu : « De quel côté est sa tête ? » – « Ici ! » répond la vieille femme, en se baissant pour toucher du doigt les mottes de terre. Et, à la place qu'elle m'indique, je cueille, pour l'emporter, un petit trèfle chétif qui a poussé là solitairement.

J'ai dit au cocher de nous ramener grand train à l'hôtel.

Anaktar-Chiraz est assise à côté de moi dans le landau, et, en route, je la prie de s'occuper, après mon départ, d'une plaque de marbre que je veux faire mettre au cimetière pour Achmet. – Car une de ses grandes tristesses était, je me rappelle, de penser que, s'il mourait avant d'être un peu riche, il n'aurait peut-être pas de tombe.

Il n'est guère que midi quand nous arrivons à l'hôtel, toutes mes longues pérégrinations du matin n'ayant pas duré plus de quatre heures.

Je fais monter chez moi l'Arménienne ; les gens de service, peu habitués à voir aux touristes de telles amies, la regardent, mais sans insolence, tant elle a l'air honnête et digne dans sa robe de deuil.

Ayant tiré de sa poche de grosses lunettes, elle s'assied devant un bureau, afin d'écrire toutes les instructions que je vais lui laisser pour cette tombe…

Mais nous sommes interrompus par le juif Salomon, qu'un domestique m'amène. Il vient me rendre compte qu'il a fait tout son possible pour retrouver Achmet, et que personne ne le connaît plus.

Oh ! je le crois sans peine, qu'Achmet est introuvable !… Et, depuis hier, depuis l'heure où j'avais envoyé ce Salomon aux renseignements, que de chemin j'ai déjà parcouru, dans la région des mornes certitudes, des tranquillités funèbres. À ce moment-là, tout était encore en troublante question ; à présent, il semble que, sur ces choses qui m'agitaient hier, une lourde pluie de cendres soit tombée…

En caractères arméniens, Anaktar-Chiraz a fini de noter pour elle-même ce que je lui ai recommandé au sujet de ce marbre.

Et maintenant nous avons terminé nos affaires ensemble, il ne nous reste plus qu'à nous dire adieu.

Elle se lève pour partir, et elle me regarde, avec ces mêmes bons yeux de mère que je lui ai vus tout à l'heure à Chichli. Tandis qu'elle me remercie de ce que je fais pour le pauvre petit mort, de grosses larmes lui viennent, qui, pour un peu, me gagneraient aussi.

Puis, elle me demande la permission de m'embrasser, en s'en allant. – Oh ! je veux bien… Et de tout mon cœur, pour Achmet, je lui rends son baiser, sur sa joue ridée de pauvre vieille.

À huit heures à la turque (environ trois heures de l'après-midi) je suis au rendez-vous chez Kadidja.

Auprès du grabat à couverture orange, où les pauvres effrayantes mains noires s'agitent, la femme de mauvais aspect à laquelle j'ai eu affaire ce matin se tient seule, debout. Fenzilé-hanum n'y est pas ; je m'en doutais. « Elle est absente, dit l'entremetteuse ; on ne sait pas où elle est allée ; on ne sait pas pour combien de temps, non plus… » Et je vois tout de suite, à ses réponses obstinément évasives, à son expression glaciale et fermée, qu'il est inutile d'insister ; cette Fenzilé, qui ne veut pas me voir, lui aura fait peur avec je ne sais quelles menaces, ou lui aura donné de l'argent pour ne rien dire…

Quand elle est partie, après m'avoir réclamé le paiement de sa course, je m'assieds sur un escabeau, au chevet de Kadidja.

Alors, commence pour moi l'heure la plus cruelle de tout mon pèlerinage ici, l'heure de châtiment et d'expiation…

Dans un entretien, coupé de cris et de silences, m'efforcer de savoir, et y parvenir à peine. Tirer de cette vieille cervelle noire, qui s'en va, qui est tantôt affaissée, tantôt prise de bruyant délire, tirer par petites bribes incohérentes les choses qui me glacent et qui me brûlent. Être arrêté à chaque minute par la pitié de la voir si fatiguée, par le remords de l'avoir achevée peut-être, en lui faisant faire ce matin cette longue course. Sentir entre elle et moi, pour augmenter encore le nuage obscur, les difficultés d'une langue que nous ne possédons ni l'un ni l'autre d'une façon parfaite. Et me dire pourtant qu'il faut profiter à tout prix de ce moment unique, parce que je vais partir demain et parce qu'elle va mourir ; elle est le seul trait d'union qui soit encore à peu près vivant entre ma chère petite amie et moi ; quand on l'aura mise en terre, tout lien sera coupé à jamais ; ce que je ne ferai pas sortir, aujourd'hui même, de cette mémoire à moitié décomposée, sera perdu pour toujours…

En ce qui concerne la date, Kadidja est d'accord avec la sœur d'Achmet ; c'est bien cela, il y a eu, au printemps, sept années qu'Aziyadé a dû mourir… Quant aux causes de sa mort… elles restent comme sous-entendues entre nous deux ; avec une délicatesse que je n'attendais pas, elle évite de me les dire ; mais elle m'arrête, par un regard d'étonnement et de douloureux reproche, quand j'ai l'air d'insister pour les demander. Malgré des alternances d'enfantillage sénile, elle a gardé des côtés d'intelligence étrange, et son cœur de pauvre vieille esclave n'a pas cessé d'être foncièrement bon. De plus en plus, je me prends pour elle de respect, – et puis de pitié surtout, de pitié pour tant de fatigue mortelle que je lui cause…

– Ainsi, tu dis, bonne Kadidja, qu'elle a espéré pendant plus d'une année ?

Espéré quoi, la pauvre petite ? Quelque chimérique retour, avec un enlèvement peut-être ; une de ces dangereuses aventures, que je pourrais à la rigueur tenter aujourd'hui avec de l'or et de l'indépendance, mais qui, jadis, m'étaient si impossibles !

Et c'est au bout de ce temps-là seulement qu'elle a commencé à décliner beaucoup, et à perdre ses couleurs de saine jeunesse, et à courber sa tête, se croyant même oubliée, et abandonnée d'âme pour toujours.

– Mais mes lettres, mes lettres ne lui arrivaient donc plus ?…

– Oh ! tes lettres, répond Kadidja, je lui ai remis… attends… je lui ai remis jusqu'à la sixième…

– Et pourquoi plus les autres ?

– Les autres, dit-elle… dans le feu ! Je les ai jetées dans le feu ! Puisqu'on m'avait chassée, moi, tu vois bien, je ne pouvais donc plus les lui porter, et, de les garder, j'avais peur…

À la façon dont elle a prononcé : « dans le feu ! » je comprends qu'elle les considérait, à la fin, ces lettres, comme petites choses mensongères et maléficieuses, causes indirectes du malheur.

Quant aux lettres d'Aziyadé, Kadidja est sûre de m'en avoir fait passer quatre, mais pas une de plus. Et c'est bien ce que je croyais : les quatre premières, celles qui lui ressemblaient, celles où je retrouvais ses chères petites pensées, exquises, avec leur tour drôle de pensées d'enfant sauvage. – Les suivantes, alors, ces lettres quelconques, banales ou invraisemblables comme les dernières d'Achmet, de qui me venaient-elles ? Quelle main inquiétante me les avait écrites, et dans quel but ? Cela restera toujours un mystère, et d'ailleurs qu'importe, *puisqu'à présent tout est fini…*

Ce sont bien nos imprudences des derniers jours qui ont tout à coup ouvert les yeux au vieil Abeddin sur notre longue intrigue impunie – et ensuite, sont venues les délations des autres femmes du harem, qu'on a interrogées et que les menaces ou les promesses ont fait parler.

Aziyadé n'a pourtant point été renvoyée de chez son maître, ni maltraitée ; mise à l'écart seulement, comme chose impure, reléguée et murée dans le silence de son appartement où n'entraient plus que des servantes hostiles. Au bout d'un an, Kadidja elle-même s'était vu fermer la porte de ce logis sombre, comme suspecte de relations avec l'écrivain public et avec la poste française de Péra. Et c'est alors que la lente agonie avait réellement commencé, avec la fin de tout espoir.

Je ne crois pas qu'une créature très jeune, et d'un beau sang neuf qu'aucune contagion n'a touché, puisse mourir de désespérance seulement, si on lui laisse le soleil, l'air et la liberté… Mais là, cloîtrée et à l'abandon !…

– Tu sais, dit Kadidja, sa chambre donnait du côté de l'Étoile (du côté du Nord) et il y faisait grand froid.

Oui, je me rappelle ces fenêtres aux épais grillages, situées dans une aile de la maison que le soleil n'atteignait jamais ; à dérobée, je les regardais, en passant dans cette rue oppressée de mystère, où n'arrivaient que très tard les rayons rouges et sans chaleur du couchant. Et je me représente si bien ce que devait être cet appartement, aujourd'hui anéanti par le feu, où la mort, à tout petits pas, est venue la chercher…

Puis Kadidja continue :

– L'hiver, toujours enfermée là, elle avait pris mal, à cause du froid de cette chambre… Alors, les autres dames lui donnaient des remèdes… Oh ! vois-tu, Loti, c'était surtout ça que je voulais te dire : on lui donnait des remèdes… dont je me méfiais bien !…

Mon Dieu, où étais-je moi, pendant que tout cela se passait dans ce harem obscur ?… Si facilement on l'eût sauvée, avec un peu de joie et de soleil, en l'arrachant de là !… Dans quel coin du monde étais-je à courir, ne pouvant rien, ne sachant rien, tandis que l'âme de ma petite amie s'en allait en détresse et que s'affaissait lentement son corps adoré… jusqu'à cette soirée de mai, où, « presque clandestinement on l'a emportée… ».

Encore quelques détails que je demande et qui me sont donnés à grand-peine, avec des gémissements de petit enfant ou des cris, – car elle est de plus en plus divagante, Kadidja, de plus en plus épuisée. Et moi aussi, je suis épuisé, par les choses affreusement pénibles que j'entends, et par la tension d'esprit qu'il me faut pour les faire jaillir, une à une, de cette tête de pauvre vieux singe presque mort.

Entre l'effroi d'interroger davantage et le désir de savoir plus de choses, j'hésite ; je suis à tout instant près d'en finir, – et puis je reste encore, me rappelant que cet entretien est suprême : c'est la dernière fois que, avec un être un peu vivant, je parlerai d'elle…

Allons, je crois cependant que sa torture a assez duré, – et la mienne aussi ; d'ailleurs, je sais à peu près tout ce que je voulais savoir. Je vais partir…

– À présent, il est tard, tu t'en retournes à Péra, n'est-ce pas ? demande-t-elle, d'un ton câlin et persuasif, redevenue tout à coup la négresse aux petites manières rusées d'enfant, et impatiente que cela finisse, que je la laisse en paix.

Je lui donne quelques louis d'or, qui l'éblouissent, et qui lui assurent un peu de bien-être pour la fin de ses jours comptés. Et puis je lui dis l'adieu définitif, emportant d'elle un pardon et une bénédiction attendrie.

Elle va bientôt mourir, c'est certain ; ses yeux qui, après les miens, étaient les seuls ayant regardé Aziyadé avec tendresse, vont s'éteindre et se décomposer ; cette image d'Aziyadé, qui persistait encore au fond de sa tête finissante, bientôt n'existera plus… Quand nous mourons, ce n'est que le commencement d'une série d'autres anéantissements partiels, nous plongeant toujours plus avant dans l'absolue nuit noire. Ceux qui nous aimaient meurent aussi ; toutes les têtes humaines, dans lesquelles notre image était à demi conservée, se désagrègent et retournent à la poussière ; tout ce qui nous avait appartenu se disperse et s'émiette ; nos portraits, que personne ne connaît plus, s'effacent ; – et notre nom s'oublie ; – et notre génération achève de passer…

Je m'en vais lentement, par la petite rue délabrée et déserte.

À quelques pas de là, je reprends mon cheval, qu'un enfant promenait en rond autour d'une place solitaire.

Il est trop tard pour retourner voir sa tombe ; j'y passerai ma matinée de demain…

Et je commence, une fois de plus, à errer sans but jusqu'à la nuit…

Au crépuscule, tout à coup, je me retrouve sur l'immense place de Mehmed-Fatih, ramené par le hasard.

Alors me revient cette phrase de mon journal d'autrefois, qui s'est gravée très singulièrement dans ma mémoire et s'est peu à peu liée, pour moi, à ce quartier saint, comme si elle en était l'expression même :

« La mosquée du sultan Mehmed-Fatih nous voit souvent assis, Achmet et moi, devant ses grands portiques de pierres grises, étendus tous deux au soleil, sans souci de la vie, poursuivant quelque rêve intraduisible en aucune langue humaine… »

Rien de changé sur cette place ; elle est restée un des lieux les plus turcs et les plus mélancoliques de Stamboul. La mosquée s'y dresse, indéfiniment pareille à travers les siècles, avec ses hautes portes grises, festonnées de dessins mystérieux. Et alentour, sous les treilles jaunies des petits cafés, les mêmes vieux cafetans de cachemire, les mêmes vieux turbans blancs sont assis, à cette dernière lueur du soir d'automne, fumant des narguilés tout en devisant de choses saintes.

Alors je m'arrête au milieu d'eux, à cette même place où, il y a dix ans, nous avions vu, un soir, paraître sur les marches de la mosquée un illuminé qui levait les yeux et les bras au ciel, en criant : « Je vois Dieu, je vois l'Éternel ! » – Achmet avait secoué la tête, incrédule, répondant : « Quel est l'homme, Loti, qui pourra jamais voir Allah !… »

En vérité je ne sais pas pourquoi cette halte sur cette place a marqué si profondément, parmi tant d'autres souvenirs de mon pèlerinage ; ni pourquoi j'éprouve le besoin de la fixer ici, pour l'empêcher de s'en aller trop vite, dans la fuite de tout, – comme on retiendrait de la main, un instant, quelque légère chose flottante, emportée au fil de l'eau…

V

Samedi, 8 octobre 188...

C'est le matin du dernier jour. Un épais brouillard gris est descendu sur Constantinople, rappelant les automnes du nord.

Comme hier, j'ai repris mes vêtements turcs, pour ressembler plus à ce que jadis j'ai été, pour être mieux reconnu, dans cette région des morts où je vais, par je ne sais quelles incertaines émanations d'âmes, qui doivent regarder au-dessus des tombeaux. Et, seul cette fois, je chemine à cheval le long de la grande muraille de Stamboul, seul infiniment sous ce ciel bas et obscur, seul aussi loin que je puis voir au milieu de ces landes et de ces bois funéraires.

La muraille se prolonge à mesure que j'avance, se déroule, toujours pareille dans les lointains de la campagne morte. Elle a l'air de soutenir, avec les milliers de pointes de ses créneaux, les lourdes nuées traînantes prêtes à tomber sur la terre. Elle est d'une sinistre couleur sombre, par cette matinée sans soleil. Débris colossal du passé, elle nous diminue et nous écrase, nous et nos existences courtes, et nos souffrances d'une heure, et tout le rien instable que nous sommes.

En passant, je regarde les profondes portes ogivales par où personne n'entre ni ne sort ; puis, je compte avec soin les énormes tours carrées – jusqu'au moment où m'apparaît cette sorte de tertre que l'on m'a montré hier, et sur lequel, au milieu d'autres tombes, est la petite borne bleue aux inscriptions d'or.

Et quand je l'ai bien reconnue, la petite borne d'Aziyadé, j'attache mon cheval aux branches d'un cyprès, pour m'approcher seul et me coucher sur la terre, – sur la terre rousse légèrement brumée de pluie, où poussent de rares plantes grêles. À l'orientation de la borne, je sais la position du corps chéri qui est enfoui dessous, et, après avoir bien regardé au loin alentour si personne n'est là qui puisse me voir, je m'étends doucement et j'embrasse cette terre, au-dessus de la place où doit être le visage mort.

Il y a des années que j'avais eu le pressentiment, et pour ainsi dire la vision anticipée de tout ce que je fais ce matin : sous un ciel bas et sombre comme celui-ci, je m'étais vu, revenant, dans ce costume d'autrefois, pour me coucher sur sa tombe et embrasser sa terre... Et c'est aujourd'hui, c'est maintenant, ce dernier baiser, – et voici qu'il ne me semble plus que ce soit bien réel ; je me laisse distraire ici-même par je ne sais quoi, peut-être par l'immensité du décor funèbre, par tout ce charme de désolation dont s'entoure et s'agrandit, à mes yeux irresponsables, la scène de ma visite à cette tombe.

Cependant, à mesure que les minutes passent, effroyablement silencieuses, et tandis que les nuées lourdes continuent de se traîner au-dessus des grands murs sarrasins, je reprends peu à peu conscience des choses ; je souffre plus simplement, je comprends d'une manière plus humaine et plus douloureuse, le frisson me revient, le vrai frisson d'infinie tristesse…

Des instants passent encore ; un peu de vent se lève, semant sur ce pays des morts des gouttes de pluie fouettante.

Notre longue entrevue muette traverse des phases différentes, qui semblent de plus en plus nous rapprocher l'un de l'autre. Maintenant je suis tout entier à l'impression que nos corps sont de nouveau presque réunis, – après avoir été tant séparés, par les années, par les distances, par les courses à travers le monde et par l'indéchiffrable mystère qui enveloppait pour moi sa destinée à elle ; je sens que nous sommes là, tout près voisins, séparés seulement par un peu de cette terre, dans laquelle on l'a couchée sans cercueil. Et j'aime tendrement ces débris, *–qui en ce moment me font l'effet d'être tout ;* je voudrais les voir, et les toucher et les emporter : rien de ce qui a été Aziyadé ne pourrait me causer d'effroi ni d'horreur…

Les nuées grises se traînent toujours avec des franges plus sombres qui, en passant, jettent de la pluie sur la morne campagne et sur la muraille immense…

Maintenant, l'image d'Aziyadé est devant moi presque vivante, – ramenée sans doute par le voisinage de ces débris, au-dessus desquels a dû rester, flottant, quelque chose comme une essence d'elle-même… Oh ! mais vivante tout à coup, si vivante que jamais je ne l'avais retrouvée ainsi depuis le soir de la séparation. Je revois, comme jamais, son sourire, son regard profond sur le mien, son regard des derniers jours ; j'entends sa voix, ses petites intonations familières, confiantes et enfantines ; je retrouve toutes ces intimes et insaisissables petites choses d'elle que j'ai adorées avec une infinie tendresse. Alors rien d'autre n'existe plus, ni le grand décor, ni les ambiances étranges ; il n'y a plus rien qu'elle-même, – et toutes mes impressions changeantes s'amollissent, se fondent en quelque chose d'absolument doux, – et je pleure à chaudes larmes, comme j'avais désiré pleurer…

De cet instant, j'ai l'illusion délicieuse qu'elle sait que je suis revenu là et qu'elle a tout compris… La notion m'est venue, furtive, inexplicable, mais *ressentie*, d'une âme persistante et présente. Alors, l'amertume et le remords qui s'attachaient à son souvenir ont sans doute disparu pour jamais.

Et je me relève apaisé, avec une tristesse différente. Tout à coup même sa destinée à elle me paraît moins sombre ; elle s'en est allée, elle, en pleine jeunesse, n'ayant eu que ce seul rêve d'amour, – et le baiser que je suis venu donner à sa tombe, personne sans doute n'en viendra donner un semblable à la mienne.

Au pied de la borne de marbre, parmi les petites plantes qui sont là, je choisis une des plus fraîches que j'emporte avec moi ; puis, encore, j'embrasse son nom, écrit en relief de marbre et recouvert d'or éteint, – et je remonte à cheval, me retournant de loin, pour la revoir, au milieu de sa solitude où fuit à perte de vue la haute muraille de Stamboul…

VI

Le soir, accoudé à l'arrière du paquebot qui m'emporte, je regarde, comme il y a dix ans, s'éloigner Constantinople. Puis le crépuscule tombe, comme un grand voile jeté sur tout, et, à la sortie du Bosphore, dans la mer Noire, la nuit nous prend tout à fait.

Et tout s'apaise, s'apaise en moi, de plus en plus ; tout s'éloigne, retombe dans un lointain plus effacé…

VII

Janvier 1892.

Dans mon enfance, je me souviens d'avoir lu l'histoire d'un fantôme qui venait timidement, le soir, appeler de la main les vivants. Il revint ainsi pendant des années, jusqu'au moment où, quelqu'un ayant osé le suivre, on comprit ce qu'il demandait et on lui donna satisfaction.

Eh bien ! ce rêve angoissant qui, pendant tant d'années, m'avait poursuivi, ce rêve d'un retour à Constantinople toujours entravé et n'aboutissant jamais, – ce rêve ne m'est plus revenu depuis que j'ai accompli ce pèlerinage. Et, du côté de l'Orient, tout s'est apaisé encore dans mon souvenir, avec les années qui ont continué de passer…

Ce rêve était sans doute l'appel du cher petit fantôme de là-bas, auquel j'ai répondu et qui ne se renouvelle plus.

Table des matières